U0130867

啞謎道場
之

君自 何處來

蔣曉雲

來日綺窗前（代序）

三十多年前離開家鄉那天，在還叫 CKS「蔣介石機場」的現今 TPE「台北桃園機場」和家人道別的情景，回想起來恍如昨日；連母親和自己的穿戴都記得清清楚楚。在機場工作的遠親用了一個小小的特權，讓父母陪我入關等待登機。時間到了，一直強顏歡笑的母親終於流下淚來。可是做女兒的一心想著離巢高飛，自顧自興高采烈，毫無愁緒，聽到廣播就迫不及待地起身，把矮自己半頭的母親匆匆一攬算是告別，還有心說笑權當安慰：「不是一直要我不習慣就回台灣？說不定過幾個月功課當掉，就被學校踢出來了。到時候不要嫌我回來得太快就好了。」

父親也用明顯不悅的聲音幫腔，語帶責備地對老妻道：「送女兒出國討個吉利！高高興興的事有什麼好哭的？」

母親的眼淚有沒有在父女言辭夾擊下收起不記得了，只記得年輕而無知的自己，帶著對未來的好奇和憧憬，頭也沒回地把二老拋下，興奮地走向玫瑰和荊棘交錯的前程；只沒想到，這一去不但千山萬水，還是歲月悠悠。

我之離鄉，不同於我的父母在青壯之年因為國共內戰，要保住性命才拋下一切之倉皇出逃。我之滯留異鄉，也不是因為天地不仁，強權阻隔，才落得半生望海興歎。

也許只是未能高瞻遠矚，也許只是想隨波逐流，無論藉口是什麼，我人生道路的走向都是自我選擇的結果；父母的期望，自身的經濟條件，乃至個人愛情、前途、事業的追求，也曾經在某一個階段造成獨為異客的原因。回頭細想，無論怎麼強辯瞎掰，一度「歸不得」的困難，都不過是願不願意在家用裡擠兌出一張機票，或者敢不敢跟老闆敲出幾天假期的閒愁罷了。

大半生在競爭激烈的資本主義社會裡討生活，數十年努力的成績總結不過：車子越開越矮，房子越住越大。如果過濾掉個人心理層面的需求，這也就是個「一路向上」，堪慰父母的人生了。

幼稚少艾，哀樂中年；日月光華，旦復旦兮；倏忽台灣小姑娘已經年長過在機場流淚相送的母親，自己也笑嘻嘻地達成了送兒子奔向前程的使命。當日頭也沒回就拋諸腦後的種種，逐漸回到眼前，連父母家前院一棵彼日未屑一顧的香椿樹都在腦海中搖曳生姿。春天到來，父親拿剪刀剪下嫩芽，炒出一盤香椿炒蛋，家廚好料有關香味的記憶也被喚醒。這時候機票和時間都已經不是返鄉的阻礙，可是曾經倚閭而盼的母親卻沒能等到無情的女兒回心轉意。

家母不壽，去世的時候正是我現在的年齡。哥哥說，他記憶中的母親，永遠是面容姣好，風度翩翩，當年家鄉的第一美人。我心中留存的母親，卻為什麼總是瘦弱哀愁，在大步向前女兒身後默默流淚的老婦呢？

二〇一四・十一・十九

目錄

輯二　雲深不知處

輯三 不負春來二十年

輯四　銜泥兩椽間

輯一

君自何處來

兒女情短

看到一則冷笑話，出處不詳：

黑猩猩不小心踩到了長臂猿的大便，長臂猿溫柔細心地幫黑猩猩擦洗乾淨後，牠們相愛了。別人問起牠們是怎麼走到一起的？黑猩猩感慨地說：猿糞！都是猿糞啊！

活到老太太這個年紀，倒也見證了幾對黑猩猩和長臂猿的交往。如果有緣相識，都是靈長類，倒不會因爲誰的毛黑，或者誰的手長就缺乏吸引力交不成朋友。可是如果一公一母談戀愛，物聚不類，卻容易是吵來吵去的冤家。

如果男女來往，談朋友的時候就老吵架，可是不知警惕，錯把「猿糞」當「緣分」，或者某方（不幸通常是女方）以爲對方是「可以教育好的子女」，相信感情足以克服所有的問題，非要排除萬難結其連理枝，那麼就等著做怨偶吧。

老太太做小姑娘的時代沒有電子郵件和網路電話，小夥伴們談戀愛的「工具」受限，只能穿堂走戶在家長眼皮子底下活動，或者寫些越描越糊塗的情書，難怪愛情成不成功很大成分靠「緣分」。我就知道幾對以前情投意合的年輕愛侶未能走到頭，到了視茫髮蒼再見，怨歎一生錯過是因爲緣分不夠。老年版樓台會的結果當然不是殉情化蝶，流傳千古，只是頭昏眼花，血壓一時升高；「考古」追究，當年分手原因不出「韓劇」範圍；諸如：不得父母祝福、情敵造謠搗蛋，或者分隔兩地敗給距離。反正結局就是有情人未成眷屬。如果拍成戲劇，最後一幕就是一老頭，或一老太，鬱然拄杖，千山獨行，表示少年時的花前月下，空留回憶，老人內心惆悵，今生寂寞以終。

現在不同了，緣分隨時可成有待清理的「猿糞」；電子時代的愛情悲劇不是誤解，是太了解；不是沒機會表明心跡，是說得太多留不下讓人樂觀期待的空間。文明社會裡的現代父母早就撒手不敢干涉小孩的感情問題，所以父母阻撓的因素「奧」（Out）了；各種電子工具更讓「此情朝朝暮暮」脫離精神層面，得到生活裡的實踐，所以距離隔閡的因素也「奧」了。談摩登戀愛的兩個人隨時可以拿出視訊電話說清楚，講明白。眞正面對面，除了愛的時候立馬親得著，氣的時候即刻拍得到，其他也沒有更多的作用了。這樣的電子時代還不能相守，依我說，那就不是「一對」（Couple），關係更像誤沾的猿糞，千萬別賴沒有緣分。

小犬大威哥的前女友「高妹」是秀外慧中的金髮美女，連我這麼挑剔的男方家長都不能不承認女方除了腿太長，確實是百裡挑一的人才。可是她偏對雖然未必拈花惹草，卻受女孩子歡迎的男友忒不放心；小兩口老爲了有其他女孩對大威哥示好吵嘴；兩個人從大學好到研究所，卻分分合合好幾次。最近「高妹」春假從東部飛到男友上學的南加州相聚，順便宣示主權。家長也都樂觀其成。可是才幾天工夫，春假一過，大威哥就寫了電子郵件來報告，說他們這次雖然相處愉快，可也是最後一次在一起，雙方同意玩完。他知道自己可能犯下終身大錯，今後再也碰不到比「高妹」更好的女孩；可是在現階段這是他唯一能做的決定。他們雙方「理念不合」，今天未能達成共識的是研究所畢業前要見面幾次，以後就要吵小孩的足球賽重要還是男主人的工作會議重要？他覺得沒法再走下去，兩人協議分手。此番覆水難收，他敬告父母別再勸和。

大威哥的爸爸篤信戀愛要趁早，認爲只有兩小無猜時期開始培養的感情沒有雜質，有望白首偕老。他又很喜歡品學兼優，就讀常春藤名校的高妹，看好她和大威哥共同的前途。這下親見一對璧人爲了莫須有的事情鬧到分手，就對著老妻發感慨，幾次歎息：「以後有沒有小孩都不知道，小孩的足球賽去不去有什麼好吵的？爲什麼條件這麼好的女孩子會對自己這樣沒信心！」順便還送我一頂高帽子：「像你就這點好，從來不吃醋！」

老太太聽到這種評論，只能翻白眼，連安慰老先生幾句的興趣都欠奉。眞是，也不想想大威哥老媽是做什麼的？當年一起出道寫小說，甚至後進「文友」，現在都有戴著兩扇假睫毛在家鄉電視台充「兩性專家」當愛情名嘴的，我可是口碑在友朋，專精感情疑難雜症，掛牌超過四十年的「蜜」醫呀。

男女分手跟信心有什麼關係？誰說女人的信心需要表現在「不妒」？我聽到、看到不少中外男人動不動就批評女人：「怎麼這麼沒自信？」

眞是會向自己臉上貼金！

女人對男人行爲的約束無關乎對自己的信心，是「教育」問題，是「主權」問題。很多太太可以和先生一起坐在露天咖啡座對路上美女品頭論足，對先生看到美女眼睛發亮，口水流到下巴之類的聳樣也能等閒視之，就容貌論容貌是就事論事，未必吃飛醋；可是如果先生趁太太去化妝間，借機趨前搭訕要電話，讓路人有變成紅粉知己的可能，那就踰越警戒線，足以引爆家庭糾紛。女人依照自己對「路人→友人→情人」發展公式的敏感度來決定祭出「家法→攤牌→去留」。發作的時間點上或者有差異，可是如果在乎那個人，哪裡會沒反應呢？只是各人的底線不同，家教有嚴有寬罷了。

承平時代男女交往除非雙方地位懸殊（比如：電子大亨 vs. 舞蹈教練、塑化大王 vs. 酒國名花），一般旗鼓相當的愛情遊戲都是拉鋸戰，無論用的武器是「百煉鋼」還是「繞指柔」，勝敗乃是兵家常事。

我曾去過一位華裔女同事家，看見牆壁上一個洞表示好奇。同事說：那是高爾夫球桿打出來的。她跟丈夫吵架，丈夫一桿子揮過去，示警的意思大，當然沒打到人，卻在牆上留下個大洞。她的結論是：「江山是打出來的！」

有情人多數恩愛都來不及，眞上演全武行「打江山」的可能不多，鬧出死傷上社會版的更在少數，所以能成其爲新聞。可是也有夫妻、情侶是一面「甜如蜜」，一面角力鬥法。我就聽過情長的甚至鬥到至死方休。所以夫妻之間如果有情，卻能做「君子之交」，並不比當如膠似漆的「小人」差，起碼家這個避風港裡永遠風平浪靜。

其實我何嘗不遺憾青梅竹馬的小情侶絕交？滔滔濁世又再到哪裡去找一份少年時候純淨的感情？可是歡喜冤家不是只有歡喜，做冤家的那一半時候也傷心傷身。我兒一定是在某些行爲上不符高妹對愛人的期望，女方畫下道來，男的還蠢到表示「不自由，毋寧散」。這在年輕女孩的標準裡等同說「我不愛你！」難怪人家心碎而去，連朋友也不要跟他做。不過兩個小兒女未打未罵，算是文明分手，也值得嘉獎；只可惜一段緣分就此成了一坨「猿糞」。可笑的是摩登戀愛，兒女情短，空留兩老相對唏噓！

（二〇一二・三・十二）

認輸

曾是賢慧人妻的女友決定離婚的時候說得深刻：就當那個人死了；所有恩怨一了百了。其實當年小夫妻不是沒有情分的，可是婆婆太厲害，母子之間深情無敵，容不下另一個「女人」。丈夫爲了明志效忠，證明自己不是有了老婆忘了娘，竟然休妻給媽看。兩人分開了二十年，女的一手帶大孩子，男的也未吝支援，互信互敬，男未婚女未嫁。朋友是女強人，孩子成年後埋首事業，可是有時候也會怨歎寂寞。我就幾次問朋友爲什麼不考慮復婚？朋友說：我沒本事做他家的媳婦，輸了就得認。

女友麻將打得好，卻不是次次都能贏。如果拿了一手爛牌，無力回天，就小心「陪打」，但求不要放銃。如果連著一陣子手氣特別背，就韜光養晦，暫時遠離牌桌，避免冤枉送錢。打牌的人都有講究，一個朋友曾經謝絕我的贈書，因爲不讓「送輸」；最好笑的是他還不准姪子叫他「叔叔」，要叫「贏贏」。

人家都奇怪，我的幾個死黨是麻將高手，怎麼從不跟我玩牌？問的人還不知道呢，爲了侮辱我的牌技，自認國手級的這幾位一聽有人要菜鳥跟她們同桌，不但堅拒，還揶揄老友：拜託，不打我給她二十塊，算我輸行不行？

我高中還跟她們打麻將玩，那個時候她們恐怕比我高明得有限。不過我始終沒有進步，和當年的小牌友拉開了段數，被遠遠甩在了後頭，虛擲了數十年缺乏練習，到現在拍馬也趕不上了。當年小牌友也好奇，問我：大家玩麻將啓蒙的時間差不多，你怎麼就這麼不長進？

其實我不喜歡打麻將以及任何賭戲的主要原因是「怕輸」。我學沒看過本尊，只看過二手模仿的台灣本土劇歹角台詞回答她們的提問：「阮莫尬意輸Ａ感尬！」（我不喜歡輸的感覺。）說起來好像因噎廢食，可是我自知輸不起，不想事後追悔，所以素來避免沒把握的事。這個態度正面的結果是成年後，認識的人包括長官在內都覺得此人牢靠，不信口開河，言出必踐。反面結果則是如好友瑞琦常譏笑的，說我凡事「預爲後日張本」。

兒子大威哥就屢屢抱怨我把他教得太保守，削弱了他冒險犯難，敢爲天下先的精神。我不承認，說：沒有呀，你什麼時候那麼聽我的話？你長大的過程中闖的禍還不夠多嗎？你要再更勇敢激進，你老媽的心臟也受不了。

母子談到兩件生活瑣事，他控訴做媽的就是這樣在無意間把兒子的大志給扼殺了：他中學時候迷上表演，宣稱高中畢業以後就要去好萊塢勇闖星途。老媽的反應是：很好！從今以後，我們家吃飯前你就擺碗筷，吃飯後就收桌子。他問爲什麼？我說：所有好萊塢的大明星都幹過餐廳服務生。因爲一部電影裡只有一個男主角，卻有許多的龍套。在好萊塢闖蕩，成功的少，失敗的多。人的運氣不知道什麼時候來，你得替雨天打算，中文叫「未雨綢繆」。讓你在家先練習擦桌子也算幫將來做準備。

還有一次小學校演戲。劇碼是「三隻小豬」。結束的時候老師說小朋友可以把道具屋搬回家。人人都搶著要那個道具磚屋，他想想決定獨自登記要草屋。討磚屋者眾，老師只好抽籤決定誰得。得主出現後大家又轉頭來搶本來不屑一顧的草屋。

老師說大威哥早在眾人之前就定下草屋，不用抽籤，直接給他。小孩回來一說，老媽盛讚策略運用得當；做事本該預先評估，設定目標，然後一擊中的。他老爸不以爲然，難得拽文扯子曰：「法取乎上，適得其中；法取乎中，斯得其下矣。」說是做人要眼光遠大，反對我教小孩瞄準結果有把握的「低成就」。

大威哥的爸不無得意地加註道：「我要不是把目標訂得高，怎麼會娶到你媽？」

咦？這算是奉承還是拐著彎兒罵人呢？

咳！此生愧對的師友以前錯認某將立言，未料不才幾十年花心思講笑話只逗到一個人開心。我又還以爲自己早慧，懂得趨吉避凶，年紀輕輕就知道既然輸不起，不玩可以吧？偏沒想過人生就是一場賭局，不但手氣順背不由人，而且既進場就得熬到終場。英語有諺：Somebody's lose is another's gain.（有人得就有人失），反之何嘗不然！一彈指六剎那，一甲子六十年，是非成敗轉頭空；哪怕參透人生海海，追求一己歡喜的狂狷之徒，在時間大神前面也要謙虛匍匐，低頭認輸。

（二〇一二・三・二十）

新詩體小說

前兩天新華網發布了一則有關剛才閉幕的香港電影節消息，說是台灣書展推薦了十六本書讓華文影視界參考改編；提到其中有「台灣文壇新秀蔣曉雲的力作《桃花井》」。作品受關注，至感欣慰，可是臨老當新秀，卻有點啼笑皆非。

忽然憶起最近在電視上看到和自己同時代的歌壇玉女吐舌遮面裝可愛，對著來賓帶上節目的大型犬表示「怕狗狗」。

咄！人家都敢當永遠的玉女，我爲什麼不能是台灣文壇永遠的「新秀」呢？不過我還是很高興沒有因爲一晚數百美元的旅館補助就貿然接受邀請，參加上週在香港的盛會。雖然我素來都向「有志不在年高」的姜子牙看齊，高年復出寫小說不計毀譽。可是既然頂了「台灣文壇」的光環，也自感不能隨便以「新秀」之姿出場嚇人。

再說了，就算當文壇新秀沒有年齡限制，我怕自己都不夠資格。我在台灣的洗頭店（還是洗腳店？）看到一個訪談節目的片段，受訪的明星方芳拿出說相聲的本事評論台灣影視界，說現在是：沒有表情的當演員，沒有嗓子的當歌星，沒有身材的當模特；沒有劇情的是連續劇，有劇情的是新聞。

按照那個邏輯，我也可以狗尾續貂，說華文創作：像新詩的是小說，像囈語的是散文？

以前有位在報社任職編輯的朋友，聽說年輕的時候負責向當時炙手可熱的武俠作家古龍催稿。古龍有時候喝醉了，或者打了夜牌爬不起來，或者因為其他原因繳不出當天的連載稿，這位才氣縱橫的朋友為了避免報紙開天窗只好代筆捉刀。他開玩笑說反正古龍那種寫法，他設法拖個幾天讀者也看不出來：

拔刀，揮出。

太陽，反射，強烈的光……

她把劍高舉，門戶大開，迎上前去……

血噴出她的胸膛……

光圈消失，黑暗籠罩……

她嘴角含笑，緩緩倒下。

……

（注：懶得考證，上面幾句是隨手編的，差不多就是這個意思。基本上「……」就夠讀者自己去琢磨的了。）

老華僑不是專家，不過讀過的閒書夠多，以資深讀者身分，認爲古龍那個時候的文體就是華文新詩體小說的濫觴。他還最早用新詩體當成書名，像「流星．蝴蝶．劍」，大陸青春小說家郭敬明的「臨界．爵跡」在我看來可以說是向前輩致敬，不過後者更臻化境。因爲流星、蝴蝶和劍擺在一起，意象和意境都還可想像得出，後生小子的那個書名硬能把兩個不搭界的生詞放在一起，就更加抽象難懂了。

可是古龍他老兄把小說當新詩寫情有可原，因爲他寫的時候常常喝高了。你試試看喝醉的時候作文？大著舌頭還要講究起承轉合，邏輯論理，伏筆張本，確認情節絲絲入扣？難啦！可是寫詩講求的是意境，詩人有特爲喝醉才發詩興的。

現在的小說家則不知道爲什麼寫新詩體小說了？也許是現在的人太懶，連完整的句子都不想寫或讀？又或者這是當代文風所及，人人從眾？老華僑參不透。不過確有年輕讀者給我留言，幾句話寫得也像新詩，個個都成了日本俳句高手。中間的留白都給讀的人自己去猜。

咦？會不會是認爲反正人世間充滿了誤解，讀者讀不懂作者諒必是讀者的損失，與作者無關，所以破罐子破摔？事實上文壇新秀都會寫有頭有尾的句子和文章，可就故意不寫，跟讀者玩猜猜看。

我小時候受到柏楊雜文的影響，一度認爲新詩都是「打翻鉛字架」之流。一直到高中，因爲好友瑞琦喜歡新詩，介紹給我很多好詩，我才對新詩改觀。可是詩之爲詩，其中趣味不就是特爲長話短說，留有餘韻，讓讀者去思索，引導讀者走進作者塑造出來的情境裡去欣賞，甚至自況，以起共鳴？把小說寫成新詩，在我這種資深讀者看來，眞是既對不起小說，也對不起新詩。

可能電玩世代，遊戲程式不允許長篇大論，情境又被影像限制，想像空間壓縮，讀者和作者都訓練有素，句子越寫越短，小說成了電腦語言，不久後可以到 Java Library 裡面東抓一句新詩，西抓一條俳句，倏倏就出來一本小說。到那時候，囉哩囉嗦堅持說人話的寫法就升格成其古典，奉之廟堂。

（二〇一二・三・二十五）

家喻戶不曉

好友瑞琦愛讀書，連看閒書都有理論；她說最近出版的拙作《百年好合——民國素人誌第一卷》，雖然故事獨立，書中人物卻多少有點關聯，故事一個套一個，可以分開讀，也可以合併讀，算是「鏈接式」小說。

說到論述，我老哥也不遑多讓。打從識字起我就跟他後面撿他看過的書讀，他看著我長大，可能覺得比作者本人對作者的成長背景還權威，也鐵口直斷，說《民國素人誌》的寫法是我師法自己小時候很愛，可是現在聲稱不復記憶的《蜀山劍俠傳》文體。

無論創作有無理論基礎，或者眞正的祖師爺何在；作者寫得出，出版社願意印，讀者甘心掏錢買本（或下載一檔）來看看，才是眞理。不過也有認識的讀者直接向作者反映《民國素人誌》人物太多，他眼花撩亂記不住。

我的淺見是，如果作者花偌大氣力寫了文章讓讀者只看一次就能丟開，那是作者的悲哀。《民國素人誌》這本書首讀應該當個短篇集子信手翻看，隨便從哪一章開始都不影響了解「劇情」。如果看完以後感覺有餘味，記得一二情節，有閒情可以再讀。出版社小施小姐見告，有她認識的讀者製作了人物表追蹤各章角色關聯。作者很承情，可是書中人物關係不乏淡至路人的，所以連不連得上沒那麼重要。反而是民國時代的推展，素人「由古漸今」的微妙變化，才眞讓作者白了頭。

這兩年我從原先的天天在辦公室裡開會，轉換跑道，變成天天窩在書桌前寫作；跟退休前相比，想像的世界擴大了，現實的世界卻縮小了。我和人類社會的相處與互動，遠不如和自創的「虛擬世界」頻繁。可是哪怕筆下的「民國素人」在他們的大時代裡過得熱火朝天，我這今人的寫作生涯卻很寂寞冷清；如果獨居，可以整天不說人話（或謂和人說話）。年輕的時候寫小說，瑞琦就問過我：「苦不苦？」據她說，我的回答是：看人家都出去玩，我卻獨坐家中寫作的時候就苦。

現在我也常常跟瑞琦開玩笑，請她偶爾要不吝叫個「好！」，作者得到鼓勵才寫得下去。就像京劇演員練功很苦，受到的關注和報酬與影視明星不能比，可是演出時聽到觀眾席中猛爆一聲中氣十足的「好！」，如果正好叫到了點子上，那就算打了支強心針，讓演員忘記勒頭吊嗓的痛苦，興高采烈地把戲唱下去。

一般小說我寫好初稿就會發給瑞琦在內的小小「試讀親友團」試讀；明的是請人挑錯，私心未必不想討個彩頭。結果「試讀」最大的效用卻是讓作者走出孤獨幻想的小天地，傾聽「人民的聲音」，得到察納雅言，在小說面世前改進的機會。

一位親友團成員看了《百年好合——民國素人誌》裡的〈北國有佳人〉一章，抱怨裡面對白方言太多，吳語難懂。我自己看了好幾次都沒看出來哪裡難懂，只覺得上下文參照一下，就算不懂某地方言，猜也猜得出來。可是讀者最大，後來寫的我就不大量使用方言對白了。

《民國素人誌》裡另一章〈珍珠衫〉，是借用馮夢龍「三言」之一《古今小說》裡「蔣興哥重會珍珠衫」的典故來講一個有好結果的外遇事件。故事裡的正派男角以從前的標準來看都對愛人忒有度量，以致本來可能發生的人生悲劇得以喜劇收場。

舊小說的大意是：蔣興哥的漂亮太太王三巧受人勾引鬧了外遇，情到濃處還把夫家祖傳的珍珠衫送給男朋友做紀念，結果碰巧被丈夫看見傳家寶穿在別人身上，婚外情因此露餡。不像同代作者故事裡的古人痛宰奸夫或淫婦，蔣興哥心碎之餘只忍痛提了離婚，三巧再嫁還厚送嫁妝，等同現代的予以祝福。後來興哥吃了冤獄，三巧那時已是縣官的寵妾，想起昔日恩情就出手救了前夫。縣官發現二人關係，也成人之美，讓興哥和三巧破鏡重圓。

瑞琦看了〈珍珠衫〉初稿，就問：題目為什麼叫「珍珠衫」，跟你寫的故事有什麼關係？我訝異反問：「珍珠衫」是家喻戶曉的民間故事，你怎麼會不知道？

瑞琦好氣又好笑的說：什麼家喻戶曉？你家是喻了，我家可不曉！

作者從善如流，趕快加了一段引言破題，把「珍珠衫」的出處和為什麼用這麼個篇名稍做交代。

正在收尾的〈人生若只如初見〉已經到了《民國素人誌》的第二卷，寫一個年輕時自由戀愛嫁得心上人，後來卻遭感情背叛的老年怨婦。和朋友喝茶聊天，談起最近的創作。朋友問：用「人生若只如初見」這樣拗口的題目有什麼特別的含意？

咦？納蘭性德的「擬古決絕詞」名句耶。就算不得全文，這頭一句可不是家喻戶曉嗎？談戀愛吵架，亂吃飛醋，懷疑偷吃，都可以拿出來吟哦一番，抄抄寄去（如果是現代，就用手機發條簡訊）。小至發嬌嗔，大至暗引題目的「決絕」二字，是涵蓋面廣、打擊力強，又兼具實用性的一闋絕妙好詞！

朋友說：和男朋友吵架，如果劈腿，會說「那你找她以後就不要來找我」，如果和人「切」，就說「不跟你玩了！」。誰會抄那種咿咿呀呀的古人句子？送去對方可能打電話來問「喂，你寫那啥咪意思？」

咳！我這都交的些什麼朋友呀？好吧，雖然詩詞的欣賞很主觀，我就試著依照個人理解把納蘭性德的「擬古決絕詞」翻譯成白話，免得篇名借了千古佳句，寫得作者柔腸百結，到最後卻有讀者罵「文不對題」。

人生若只如初見，何事秋風悲畫扇？
等閒變卻故人心，卻道故人心易變。
驪山語罷清宵半，淚雨霖鈴終不怨。
何如薄倖錦衣郎，比翼連枝當日願。

翻譯：人生如果永遠像剛認識，彼此鍾情的時候，怎麼會有秋風一起，用不著了的夏天扇子就被拋棄的悲哀？你輕易地變了心，還說不相信愛情，強掰是愛人善變。唐明皇和楊貴妃情話綿綿到半夜，生離死別淚如雨下也沒有留下怨恨，你卻連薄倖的皇帝都比不上，他讓愛人去受死前還講些甜言蜜語，許過「在天願作比翼鳥，在地願為連理枝」的誓言。

閒話已畢，回去皓首「窮寫」我那還差幾筆的《民國素人誌》〈人生若只如初見〉一章吧。

（二〇一二・三・二十九）

蔣幹

人家問貴姓的時候，我一般說「草頭蔣」，聽不懂還問，就講得詳細一點：「草字頭，下面一個將軍的將。」拆字也聽不懂，只好旁徵名人大姓：在台灣說「老蔣的蔣」，在大陸說「蔣介石的蔣」。聽的人就終於瞭了。

其實我從小就知道蔣氏還有一個名人：蔣幹。根據《三國志》，此人評價不低：「有儀容，以才辯見稱，獨步江、淮之間，莫與為對。」可是他老兄在一般人心裡的歷史定位卻是《三國演義》裡那個上了周瑜反間計「蔣幹盜書」的笨蛋，我對他的記憶更是京劇裡被曹操一袖子掃去表示不屑的白鼻子小丑形象。所以我小時候很不喜歡人家聽到我姓什麼後的回應是：哦，你姓蔣，蔣幹的蔣。

這兩天報載令人尊敬的鄉土小說家黃春明在演講時觀眾席中有人舉牌罵他「可恥」，他就對著那位沒有禮貌的後學，碰巧也是我的同宗，喊了我蔣門前輩蔣幹的名號，這就被法院判了公然侮辱，罰款台幣壹萬元。

奇怪，在台南聽演講鬧場，舉牌罵「可恥」不算誹謗，黃先生激動之際喊了句類似自己口頭禪一樣的鄉罵卻成了誹謗？我沒看過判決文，就新聞故事看來這眞是神來一筆，連我編小說的人也想不出來。

要是寫小說，作者怎麼也得講究一下前因後果，不能讓演講的人忽然上衣一脫，衝下台就喊人家祖宗名號，直接問候人家媽媽。好吧，即使故事去頭，不提發生的緣由，那也不能截尾，完全不談結局吧。哪，我這位同宗，雖然到現在多數人都不知道他的學術成就，或者有無著作，可是他和黃大師一戰成名，在把老先生激怒，氣到可能血壓升高之餘，成功打響名號，損人而利己，實際上並沒被「誹謗」到啊。這個誹謗罪是怎麼成立的呢？難怪我總認爲小說比眞實的人生更需要以理服人。

忽然想到一個朋友講過的她家趣事：朋友追隨丈夫職位調動全家從台北搬到上海，電視上斯文的主持人訪問四、五位來賓，一個一個問：這是你幹的？你幹的？還是你幹的？不然是他幹的？

在隔壁房間的丈夫聽不下去了，過來大聲的跟太太說：關掉！關掉！帶小孩看的什麼節目？一直講粗話！

這可是只有台灣人才聽得懂的笑話。只是「幹」字何辜？朱熹注《論語》：勤學好問爲文。生個小孩，取名「爲文」，父母是有指望的吧？可是如果以後這位仁兄越來越出名，我想碰到姓蔣的人也別說：「哦，你姓蔣爲文的蔣。」其他本家會怎樣反應我不能預測，只知道我自己可能會聽得愀然不樂。

（二〇一二・四・四）

雪鳥實習生

天氣是怎麼了？江南的清明時節不再「雨紛紛」，日本當街就颳起強如鐵扇公主祭出的妖風，四季如春的北加州到了四月還這麼冷？我在灣區的家中一面開啓往年此時早關了的暖氣一面和先生開玩笑，說以後當「老火雞」要搬到更暖和的地帶去才行了。先生聽見退休以後屢次宣稱要找老人宜居城市搬家的太太又信口開河，笑請我改名「蔣（講）容易」。

「老火雞」好聽點叫「雪鳥」（Snow Bird），指雪季來臨就朝溫暖地方移居的老人；兩個名詞都象形：老火雞強調脖子下的贅肉，雪鳥除了凸顯隨季節遷徙的習性，另一個亮點是白頭。

佛羅里達州是美國著名的「雪鳥」集散地，地方政府還用免州稅一類的公共政策吸引退休族群去定居。年輕時候因爲工作緣故我在那裡住過幾年；每年到了冬天，美國東北部和加拿大的老人紛紛南下避寒，彼時居住的城裡就擁擠起來，到處堵車。

「受不了這些老火雞！」同事去上班的時候罵聲連連，「是怎樣？他們專挑人家上下班的時間出門，平常開二十分鐘的路，現在四十分鐘都到不了。」

北方的老人南下避寒並不看天氣，而是依據日曆，照表操課。如果我沒有記錯，九、十月到翌年三、四月都算是「雪鳥季」。那段時間我所住有出名軟體工業園區的「高科技城」就變成了雪鳥的世界，到處舉辦銀髮族活動；常住居民要替雪鳥讓路，看電影、下館子，所有娛樂場所都要排長隊。老先生、老太太時間多，排隊也是消耗時間的好辦法，他們三五成群，說說笑笑，一點都不會不耐煩。雪鳥們總在上班族趕去上班的時間開車出去吃早飯，下班又是吃「早鳥特價套餐」（Early Bird Special）的時間段，所以尖峰時間交通擠成一團。地區性報紙上也常有和雪鳥相關的新聞；比如老人誤把油門當煞車踩，衝進店裡造成死傷。最誇張的一次，是有人在後院曬太陽，被暴衝過圍牆的老人和車撞進自家游泳池裡淹死。所以一到「雪鳥季」，我們這種常住居民就會半開玩笑地相互提醒：在餐廳別坐靠馬路的位子，開車的時候也要注意旁邊的駕駛會不會心臟病突發撞過來。還有同事聲稱她爲了雪鳥進城得去看心理醫生。這位本來就有點神經質的女同事說自己一天去看電影，進去電影院的時候感覺走進了「灰色海洋」（Sea of Grey），然後那個海浪都是銀髮的噩夢就一直回來糾纏她。

那時我覺得滿頭白髮的一天距離如此遙遠，也從眾隨俗抱怨雪鳥，笑歎恨不得自己趕快變老，退休了就天天是週末，可以到處玩。我的一個老德同事跟我要好，又比我大了二十歲，就一本正經地規勸我：「Never wish your life away!」

言猶在耳，轉眼我也成了退休一族。在美國我算退休得早，朋友都還在職場上，週末聚聚還行，天天玩就沒伴了。幸好我喜歡寫作，這可是個寂寞的活動，不但不能呼朋引伴，還最好獨居，到吃飯的點都沒人問：「今天吃什麼？」才不受打擾。寫作有一個好的副作用是減肥。心裡惦記著沒寫完的小說像害相思病，讓人牽腸掛肚，食欲不振，難怪我以前做小姑娘的時候吃不胖。不過聽人說年紀大了，逐漸會吃不下，睡不著，所以八、九十歲的老人仙風道骨的多，珠圓玉潤的少。看來以後也無需費力減重，如果壽長，說不定哪天就會自動乾癟，回到少女時候的體重。

其實人至初老以降，面臨人生許多大事；父母仙去、兒女離巢、工作交棒等等，總之社會責任漸了，手上的時間越多。對退休的人而言，恐怕培養殺時間的嗜好比減肥還重要。

在台灣好像一些老人有看病的嗜好。我在台北時有次眼睛過敏，散步到榮總想看醫生，走到門診卻被掛號人潮嚇退，無功而返。好友瑞琦聽說就講了個笑話：

榮總門診這天沒看見老張來排隊，天天一起掛號的病友就問：「老張呢？」知情的人告訴他：「老張今天生病不來了。」

我沒聽說過美國老人有上醫院看病的嗜好，倒是在新聞上看到即使享有公家提供的老年健保（Medicare），卻因爲很多藥錢不給付，有老人因爲吃不起藥捱病忍痛，甚至挪用買食物的錢買藥造成營養不良，沒病死反而逐漸餓死的悲劇。所以懂得理財對美國老人很重要，否則就會被萬萬稅，或者保險不支付的醫療費用給拖垮，弄得一生辛勞卻晚景淒涼；無怪乎我認識的美國人都花很多時間培養「理財」當成退休嗜好。

子曰：「血氣既衰，戒之在得。」惦記著怎麼多搞點「阿堵物」傍身跟君子三戒對老人的忠告不符。然而戒「得」的前提是要住在老有所養的社會裡，像美國兒女沒有孝養父母的義務和文化，社會制度設計也對老人不友善，如果老來只能指望公家發的那點福利金，在美國做窮苦老人的日子可不好過得很。

退休得早，我算朋友中的先行者；雖對銀錢進出素不耐煩，幸好還有時間打鴨子上架，開始學習和計畫。可是退休年餘，整天風花雪月占據精神，看見投資理財就呵欠連天。積習難改，只好別出心裁：反正年紀未至耄耋，身體健康，活蹦亂跳，就到處旅行，順便替「老了的時候」找個「經濟適用」的退休桃源。朋友聞之，無不鼓勵，讓我負責探路，屆時一群「老火雞」齊齊移居養老。沒想到這件「正事」我沒盡力，反而因爲寫作太勤，用腦過度，新髮俱是華髮，觸目驚心，怕是老之「已」至而不自覺？

瑞琦叫我閉嘴，因爲雖然跟台灣年過六旬還滿頭黑髮的無良或無能領導沒得比，同齡人中我已算頭髮白得晚的，還窮嚷嚷，不値得同情！今晨我對鏡把髮線分來分去，良久才把增生的花白頭髮小心藏妥；做爲雪鳥，我還是實習生，可不能在還沒搞懂老去門道之前就貿然加入「灰色海洋」，把神經質的後生嚇到去找心理醫生。勉之，勉之！

（二〇一二・四・七）

有點二

在僑居地翹著舌頭說了幾十年番話以後，近年始得機會遊走兩岸，聽到以前沒聽過的漢語詞彙，自動「撿起來」在腦中歸檔，逮到適用場合就拿出來活用一下。姪女們遺傳了家族對文字的敏感，對姑姑口中亂吐的新詞常常一聽就心領神會，無須多做解釋。有次我在台北她們的辦公室裡罵某人「有點二」，大姪女就笑出了聲，說：「這個好，以後用得上。」同樣是損語，這個說法聽起來好像比「二百五！」或「你傻啊！」迂迴客氣點。

最近我看見一則新聞生出感慨無以名之，第一時間跳到腦子裡的形容詞就是「有點二」。

先說閩南語保留了很多漢語古音，我欠學又不好學，常常自己發想，耳朵裡一聽見閩南語發音的「人」，腦子裡就聯想到「郎」這個字。反之亦然。這則新聞和「郎」有關。報導大意是知名鋼琴演奏家以名爲號，成立對外招募會員的私人會所，巧設門檻「排除暴發戶」，自述靈感來自十九世紀歐洲的音樂沙龍，強調自己周遊列國，經過見過，有感「中國缺少這樣的平台」，立志成立會所聚集「上流菁英」。記者在文末表示對誰是交得起每年十二．八萬人民幣的名流會員表示好奇？

我原來只道音樂能陶冶性情，其實深思一下，做任何事如果道行夠高，就能應用「行萬里路勝讀萬卷書」的精神。本著這個原則，琴曲彈到萬首之後，「郎」（人）的學問就長了，文化也提升了。什麼界都能跨，什麼話都說得出學問，不足爲怪。以前我聽說「兩代穿衣，三代吃飯」，以後前面能加上「一代開會所」了。

雖然白種人成立小老百姓不得其門而入的「鄉村俱樂部」、「遊艇俱樂部」一類行之有年，這些私人會所組織明示有錢買會員卡都不夠資格，還要有原始會員引薦，還要委員會投票同意，確保只有「同我族類」進得去，避免紳士、淑女會員坐在酒吧間品酒的時候看到「紅脖子」（Red Neck）、「硬脖子」（Rough Neck），或者有色人種礙眼。不過音樂家還是讓我長了見識，因爲生平第一遭聽說成立名流俱樂部無關勢利眼，而是爲了教化社會；不知他老兄這算不算「中學爲體，西學爲用」？

活到我這個年紀，在中外還眞見過不少「郎」（人），因爲一己的能力和機緣，比多數人幸運，早早就從 M 型社會的一端爬到了另一端，眼睛長在臉上看不見自己，可是環繞一望，原先無限嚮往的這端竟有不少是洗過澡戴著帽子的猴兒裝人樣，這不能不讓「郎」（人）忝於為伍。自己來到這端不容易，當然要表明能夠掌握富貴階層的「細處魔鬼」，不會囫圇吞棗。這就有點像作弊的學生當了老師特別懂怎麼抓作弊，也有點白手起家的富翁比世襲的怕別人不知道自己有錢的味道了。

我想起來三十年前耶誕前後我和年輕時在柏克萊當過嬉皮，後來成了專幫窮人打官司的律師朋友在南加州的新港灘市（Newport Beach）看「花艇遊灣」，那很像巴沙丁納（Pasadena）的新年花車遊行，不過規模小點，車子換成了遊艇，還有主辦方是當地遊艇俱樂部。看著看著女友不知是嬉皮餘毒發作，還是正義感竄起，忽然把手中啤酒罐對著遊艇上笑嘻嘻和圍觀群眾揮手的耶誕老人丟了過去，口中洋文四字經開罵，裝著耶誕老人的腔調怪笑：「『呵呵呵！我有遊艇你沒有！』，瘋了我來看豬玀遊行！」脫序的行為要不是我們拉著她跑得快，搞不好要上警局去給個說法。

被女友痛罵的炫富遊艇俱樂部，一定沒有鋼琴家會所那樣深奧的成立主旨。我其實也是想了好久才覺悟，鋼琴家的名流俱樂部和大陸的社會主義一樣，都具有「中國特色」，不像歐美資本主義社會勢利的沒落貴族或者新發富豪，特意用身家和身分來和群眾區隔。鋼琴家的良苦用心是希望富起來以後的中國社會懂得，不能用錢來衡量一切，要曉得「名」、「利」二字是兄弟；口袋裡光有幾文的大老粗、草菅人命的煤老闆，裝都不裝懂古典音樂的農民企業家，人家是不讓進會所買飛機，喝紅酒的。不過望重士林的鴻儒，如果繳不起昂貴的年費，就不知道是不是進得去的「郎」（人）了？不過即使讓進——人買得起飛機嗎？

好吧，鋼琴家說明他開俱樂部這事既不膚淺也不勢利，我就不好亂用新學的「有點二」來概括了。可我幾年前在報上讀過，也是一則發生在廣州的新聞，雖然除了發生地（Where）相同，其他W（What? Who? How?）都跟豪華私人會所不搭界，卻絕對屬於「有點二」。如果我沒記錯，當時說是講究「浸潤式教學」英語班的小朋友去參觀廣州動物園，在老師指導下，對著籠子裡的老虎扯著喉嚨大喊：「You are a tiger!」（你是老虎！）把老虎嚇個夠嗆，美聯社啥的還缺德的登了張照片，表示有圖爲證（其他大象、長頸鹿等等當天想必也飽受驚嚇）。

這都是多少年前的舊聞了。不同當年嬉皮女友看到遊艇主人炫富罵豬，我想到鋼琴家在廣州的豪華私人會所時，廣州動物園裡那隻受驚老虎就浮現腦海，我甚至還琢磨估計以鋼琴家這年紀是不是有可能上過那類的英語班？唁，看來我這胡思亂想的毛病才眞是「有點二」呢！

（二〇一二・四・二十二）

選擇

即使明白光陰不能倒流，往事不會重來，到了這把年紀也會偶發冥想：如果在人生路上的某個關鍵點上曾做出不同的選擇，那麼今日的自己會在哪裡？又過著怎樣的生活？當然也有不少時候面對選擇無所適從，不知不覺就把「被選擇」當成了「選擇」。

在台灣有位姻親為了兒子上大學玩前途大猜謎，像買股票那樣，依據已經存在的統計數字來決定小孩學測以後該塡什麼志願，結果今年的分數線比往年提高，大人和孩子哪怕做足功課，花了很多時間分析過往資料，都沒猜對，考生披星戴月苦了三年結果名落孫山。母親罵完老師、學校、李遠哲和馬英九以後，感覺自己「猜錯」也算有份耽誤了兒子前程，內疚自責不提，小孩也洩了氣，對所謂的第二次機會，暑假再考，完全提不起勁來，家中一片低氣壓。這時候大人不禁懷念起當年一考定乾坤的聯招來，好像那種伸脖子一刀，縮脖子也是一刀的「死法」比較痛快，考完以後一切交給聯招會或上帝，自己當顆「油麻菜籽」，等著被風吹到肥田或是瘠土裡去開始另一段人生路。

前兩天看台灣新聞，頭條都是旅美球星的外遇事件。這則八卦新聞看來在台灣編導心中，遠比中俄正在黃海實彈聯合軍演重要。可是老華僑以為美國男子職業球隊到處跑碼頭，許多女性球迷守在旅館門口堵人，希望得其青睞，運動明星的生活「浪漫」，眾所皆知，婚外情只要沒得愛滋，不鬧出死傷，沒人告強姦，從來不是上得了台盤的新聞。

如果說因為台灣民情保守，電視台才對球星緋聞以報導中東開戰的規格來處理，這我不信。前一陣子，台灣的黃金時段娛樂性談話主持人在節目裡訪問，把男嘉賓的內褲顏色，女嘉賓的「第一次」都當成「標準題」，鹹濕程度直逼其他國家的午夜場節目，也沒聽見台灣社會譁然。

老華僑對小兒科緋聞「憑什麼?」成其為要聞不明所以，幸好電視台可以選擇播什麼當頭條，觀眾也可以選擇要不要關電視；各有各的選擇，影響不大。球星選擇「吃點心」，可能打出了自己人生的變化球；就個人而言，面臨婚姻以外異性的吸引，選擇「Go/No-go」，確實算大事。不過歸結球星受到歡迎，全憑球技，不是要求宗教「封聖」或競選政治領袖，家鄉電視台越俎代庖充當私家偵探，名嘴講到細微處比人家的配偶還激動，對我而言才真是新聞。

退休前我在大型企業做了多年主管。產品冒煙下架、員工過勞心臟病發、經濟不景氣、公司要裁員等等都算突發事件，如果八字或流年好，可能統統碰不上。每年依例有兩件傷腦筋的大事卻哪怕天天燒高香也是躲不掉的：一件是編預算，另一件是打考績。

編預算有點像寫小說，反正明後年的事誰也說不準，單位主管在那個時間段裡人人都成了趨勢大師，統計分析，引經據典的「掰」，如果老闆認為哪個地方看來可疑，主管就得給個說法，不然甲主管需要的錢就到了比較會編故事的乙部門去。

打考績就有點像寫傳記了，同一個人在同一段時間的功過，主管和員工可以配合寫出大家都滿意的故事，也可以兩造各有看法，鬧到告官處理。糾紛多了，人事專家就替大公司發展出可以量化的人事評鑑「魔豆」（Model）。我手邊沒有格式，也懶得去查證，可是確切記得有一項評分標準是「做決定的能力」（Decision Making）。其實這明顯的是一個「僞」美德，因爲光有擔當不算數，還要能做出正確的選擇，導致希望的結果，這才能在「做決定的能力」一項上得分。

今天一早又開電視看家鄉新聞，還未及高興無聊緋聞退燒，頭條已換成馬政府選擇錯誤時機漲油電，引起島內物價波動，官家不擬政策謀求解決之道，選擇盯緊小商販不許漲價來避通膨，看來是連環錯選，難怪挨罵。可是台灣新聞罵馬英九是常態，已經成了沒有其他新聞時的塡充料（Filler），事件往往不是件事，多半是說話素來「有點二」的馬團隊，在記者逼問之下，再說些晉級版的「二」話。對著傻子罵傻，哪算新聞？充其量是提供後世花絮史料，讓歷史替馬英九打考績時，在「Decision Making」這項領袖特質上給低分。

本來勤看家鄉電視，意欲一掃在番邦幾十年討生活累積的小氣、土氣、洋氣之「華僑三氣」，讓思想徹底回歸。結果做了年餘忠實觀眾，卻怎麼感覺自己變得更加小肚雞腸？沒錯，現在對家鄉重大車禍和緋聞人物都挺熟悉了，可是對攸關台灣前景的周邊事物卻越發懵懂。唉，媒體再這樣帶頭緊盯自己的肚臍眼，官民一體「不知有韓（漢）無論危機（魏晉）」，也許寶島會「被選擇」成為今之桃花源也未可知。

（二〇一二・四・二十七）

洋懇親

雖然我印象中有過快樂童年，可是記憶模糊，沒有具體事件可供回味。老哥是大學生的時候我是小學生，依稀記得曾和父母去成功嶺懇親以及我老哥當年甲等體位穿著軍裝的「英姿」。不過一切都是太久以前，已經分不清是作夢還是確有其事。

朋友感慨身爲外省第二代，父母是匆促出亡孑然離鄉的難民，我輩一生不知道祖父母長相的多了去了，日久他鄉是故鄉，我們既然晉身未來家族「元祖」，他說有機會就應該帶兒女到處走走多留下些「紀錄」以傳後世。友人深謀遠慮，想法周全。可是不比在地生根的朋友，即便沒有祖產，也有家族可以依傍，我們異鄉人後代在孩子還小的時候窮忙，等到緩過氣來，孩子也都大了，有了自己的世界，不再戀家。像我兒搬出以後，難得有空回家探親，父母只好「移樽就教」，算是「洋懇親」。

我對大、小威哥從來不是黏糊糊的媽，他們長大以後母子相處更像朋友。我從二十五歲結婚起就家庭、事業，蠟燭兩頭燒，好不容易等到空巢，才重新開始自己的人生。小孩還開我玩笑，說是知道老媽過得充實，兒子們雖然欣慰，可是希望有時候也想著他們一些。我退休以後天天讀書、寫作、旅遊，好不自在，眞的少有閒情向已經不住在一起的兒子請安問好。可是心血來潮，也會安排家庭活動，保持親子聯繫，例行「懇親」就是證明。

月前大威哥報告近況，說是在上訴法庭實習愉快。老媽就做出熱心狀，跟兒子約了去參觀他工作的地方。威爸說：上班的地方有什麼好看？還舉出岳父大人生前金句強化立場：你爸爸不是說他生平最討厭三個地方——法院、醫院、殯儀館？

嗟！這是哪和哪？父母造訪孩子工作實習的單位是精神獎勵，意義非凡；如果小孩在禮儀公司實習，那也得去支援，不能忌諱。大威哥現在剛剛離巢，還在乎父母觀感，想著原生家庭一二，以後自己成了家，就算當選聯邦大法官，在親屬關係往下算的美國，只輪得到他妻小披紅掛彩，哪有我們做父母的什麼事？趁著現在還你情我願，就該「有花堪折直須折」。

老爸、老媽到達洛城的時候，法院正好下班；法庭建築物是古蹟，漂亮得像博物館。可能是幼承庭訓，我看到法院就繞道，在洛城住了多年，都不知道有這麼個地方。法院守衛給足小朋友面子，問：是你的父母？然後讓二老免檢皮包過關。

「咦？你很罩呀？」老媽奉承兒子。兒子不領情，說禮遇是看在他老闆份上，他指著牆壁上照片一群穿黑袍的要人中一個老頭：「他在這裡最大。」

「起碼警衛認識你。」老媽嘴上抹蜜，繼續巴結：「對訪客來說，沒有比守門更大的官了。你一個實習生，人家還賣面子給你爸媽看，那就是很罩了！你在這裡到底做些什麼呢？」

「主要是你們自己長得好，不像恐怖份子。」大威哥也愛開玩笑，「我老闆每天帶文件回去看，資料多到用推車推，早上來上班的時候就會打電話叫實習生下樓，幫他把文件從車廂搬到推車裡推進來，所以警衛知道我替大老闆做事。」

「超市那種推車？像流浪漢那樣？」我想像中他西裝筆挺地推著一台超市購物車，掛滿了瓶瓶罐罐，被褥枕頭。「替老先生推購物車這種工作要百裡挑一？學校還說你這是為校爭光？我知道現在工作難找，沒想到這麼難找！」

「哈哈，有時候還輪得到替他買咖啡。」兒子笑說，「你可別小看，會到這裡來上訴的沒有小事，我現在分到的就是一個十九歲死刑犯的案子。實習生在這裡也讀書寫報告，跟在學校一樣。不過實習生上面有書記官，寫的摘要還要讓書記看過不打槍才到老闆面前。你口中推購物車的老先生跟我說過一次謝謝，同事就都來恭喜，叫我請客。」

看過神經質法官花納稅人大錢裝置的類〇〇七電影中升降式防彈玻璃設備後，算是參觀完畢，三人趕到已經訂好位的餐館用餐，繼續談笑戀親。

邊吃邊聊，提起兒時中文班同學傑瑞米林現在已是鼎鼎大名的「豪小子」。兒子說他親眼見證了打籃球會長高，因爲傑瑞米小時候比他矮，現在卻比他高了快十公分。還說自己除了替傑瑞米的成就高興，也被激勵；早都不該被老媽打擊到放棄夢想。他現在離好萊塢這麼近，計畫公餘從臨時演員開始發展演藝事業，如果被發掘成名，那他就不做朝九晚五的工，要去當明星了。他專精澆涼水的老媽現在鞭長莫及，沒法放冷箭傷害他的大志了。

老媽就告訴他，網路時代的確什麼都有可能，這次絕不打擊。我在台灣的時候看過一個「憑什麼姐」，無才無貌，以做無本買賣厚顏向人索取財物出名，觀眾不明其理，只能憤憤「憑什麼！」，兒子聽出弦外之音，佯怒道：「又來了！想看我憑什麼嗎？」他秀出手機上一張照片，「傑積陳、傑特李都老了，好萊塢需要下一個東方面孔打仔。看看這肌肉，我每天鍛鍊，練假的呀？」

看看照片，是他班上春假去紐奧良當義工，替颶風受災戶清理家園，一旁同學隨意拍下的生活照。老媽就笑：「好萊塢要找黃種史瓦辛格嗎？你這張照片是角度問題吧？你就是個瘦高個兒，哪有那麼壯？還有其他的證據嗎？」

大威哥說：「現在就這一張，等我認眞要進軍好萊塢，會去拍一組專業的，不能讓你看扁了！」

「洋懇親」自有一套「規矩」（Protocal），問起冷暖愛憎凡答「這個不想講」的都算地雷區，識相父母知趣避開，說說笑笑歡喜收場。開車十個小時往返參加一頓懇親餐會，被兒子展現肌肉照示威兼算老帳；二老興匆匆而至，興匆匆而返。也算「孝子」一族。

（二〇一二・五・十二）

母子遊湖

名豈文章著

外派在上海的那幾年，週末逛街遇到過以書籍爲主的臨時市集；商人封起鬧市裡一段街道搭棚擺攤，類似僑居地老廣叫「擺街會」的活動。商品都是書也像室外書展，不過書一落一落的擺，不鼓勵翻閱，有的論斤計價，主要還是買賣，「展」的意義不大。有些書一元人民幣一本。面對這個無法抗拒的價位，我也買了幾本不會特意去書店選購的書；例如《青少年科普文庫——毛澤東詩詞鑒賞》。

我買書不藏書，看過幾次後多半送給自己不肯掏錢買書的朋友。受限於書架，家中的書常常汰舊更新，留存不多，這樣也居然把份屬中國青少年讀物的《毛澤東詩詞鑒賞》給留下了。依照我還是台灣小姑娘時期接受的國民黨養成教育，學到毛澤東是偷拐搶騙禍國殃民的大壞蛋，學校卻沒解釋咱英明的領袖怎麼就敗在個不學無術的無賴手上？

那時候台灣連外國雜誌上出現毛像，郵局都要塗黑後才敢送達訂戶，以致我這種中學時期要考《孟子》和《論語》的「台灣老三屆」，別說對老毛的哲學思想、政治主張、學養經歷不瞭，連毛澤東具體怎麼個「壞」法，也像大陸農民老鄉罵老蔣的「壞」時一樣說不出個所以然。

直到那天滬上散步，在淮海路岔道擺街會中偶得毛氏詩詞鑒賞，才發現人家是詩人，作詩雖然有時「打油」，還是不無佳句；讀來頗具趣味，可惜他的詩詞對我畢竟通篇生句，不如讀熟了的古人詩詞可親，在生活中時時能觸景生情。

中共領導「老人」，如江老、濤哥、寶哥對外講話，常應景來上幾句唐詩宋詞，以「共同文化感情」激起世界華人共鳴；中文傳媒湊趣承情，每次都大篇幅報導，也算文學推廣。可是大陸中壯到初老的公眾人物拽文卻頻引用大陸以外華人不熟悉的「毛句」。像薄熙來最後記者會上爲妻小奢豪、自家貪瀆的嫌疑喊冤，說要跟潑他髒水的「惡勢力」抗爭到底就念了兩句：「敢同惡鬼爭高下，不向霸王讓寸分。」電視上啥都知道的台灣名嘴信口說是「大陸文革用語」，怎麼台北出生長大的我聽見了耳熟？偏不記得哪裡看過。

隨口問了身邊一人，還遭訛文出《三國志》，說是聽那個氣勢應該是曹操寫的。過數日報上提到語出毛詩，難怪似曾相識！一查這首七律是一九六五年五月老毛寫了慶祝中國第二次核試爆：

長空又放紅核雲，怒吼揮拳顯巨身。
橫目南天震虎口，寄心北海躍龍門。
敢同惡鬼爭高下，不向霸王讓寸分。
先烈回眸應笑慰，擎旗自有後來人。

果然，時間淘洗沙礫。全詩不彰，金句流傳是有道理的！任何佳句先就要人讀過留得下印象，再就要日後對得上景，方能達最高境界之心頭無端湧現，用時脫口而出。

這兩天讀到一則大陸新聞，把我笑得夠嗆。話說湖北省一位以貌美而非文章著名的年輕女作家上電視露臉唐詩問答，題目是李白「將進酒」名句：「黃河之水天上來」下一句？女作家瞎答「一江春水向東流」。想是李白、李後主五百年前一家，唐詩、宋詞都是古典文學，所以美女「牛頭」對「馬嘴」，感覺「黃河之水天上來，一江春水向東流」有何不可？結果當然是被觀眾罵翻，激動的說身為作家連「黃河之水天上來，奔流到海不復還」這樣爛熟的詩都答不上，要求中國作協撤銷會員資格。新聞焦點是美女作家粗話回罵，可是讓我把新聞讀成《笑林廣記》的卻是有才「網友」把美女作家「張飛打岳飛，關公戰秦瓊」的文風發揚光大，成就的拼盤歪詩：

我失驕楊君失柳，煙花三月下揚州，兩岸猿聲啼不住，一江春水向東流。

「我失驕楊君失柳」一句出自毛澤東〈蝶戀花．答李淑一〉。依我粗淺道行來看，這闋毛詞就算不「打油」也是「同仁詩詞」，證明老毛「名豈文章著」。沒想到挪出一句到此領銜，再兜上兩句李白，最後用美女作家刪節的後主名句收尾，酸諷效果和笑果齊備，除了讓我這樣「帶眼不識毛」的讀者笑到東倒西歪，還生句催熟，以後忘不了的毛氏「金句」又再加一。

附記：

毛詩人的〈蝶戀花・答李淑一〉全闋抄錄如下；詞是大白話，沒有懸念，無需翻譯。韻腳以台灣國語念起來會感覺「怪怪的」，可能用湖南話好些；不過我是大外行，當我沒說。第一句「我失驕楊君失柳」有點意思；依據我手上的青少年讀物註解，「驕楊」是指楊開慧，「柳」是楊開慧好友李淑一的丈夫，柳先生。毛答李淑一這首詞的時候，兩人伴侶都因國共之爭成了「烈士」。

我失驕楊君失柳，楊柳輕揚直上重霄九。
問訊吳剛何所有，吳剛捧出桂花酒。
寂寞嫦娥舒廣袖，萬里長空且為忠魂舞。
忽報人間曾伏虎，淚飛頓作傾盆雨。

（二〇一二・五・十六）

藍色生死戀

去豆腐店買豆漿。前面先我結帳的一位看來是店裡熟客，和老闆聊得來勁，竟然罔顧後面排上了隊，只好耐心等候。老闆和客人講話的聲音不大，可是你歎息、我唏噓，語氣悲涼，唉呀唉的欲罷不能。間歇一、兩句飄進耳裡，原來在講家鄉的馬英九；聽來雙方都是太平洋這頭的「愛馬仕」，年初一起返鄉投過票，起先為勝選歡欣鼓舞，現在卻落得連結帳的幾分鐘都要抒發怨氣。終於老闆說：「後面這位小姐等著付錢——我們下次再泡茶好好聊。」

前面客人轉頭對我頷首表達歉意。老闆那裡又無限灰心地加了句：「唉！我們泡茶還是找時間泡，不過不要講他了。那個名字以後都不要再提起吧。」

咦？聽來耳熟！早上我寫小說，癡情女對一錯再錯，不思悔改的負心漢失望到極點，跟來勸和的妹妹就有這麼一句對白：「別再叫他姐夫！那個名字以後都不要在我面前提起！」

世事多巧合，原來華僑粉絲對祖國偶像的感情和我所編故事中的男女之愛竟有雷同：誰說情到深處無怨尤？

太平洋很大，未見得華僑都只關注到對岸去。最近家門口發生的大事是「臉書」上市。創辦的宅男「祖生」同天完婚，地方報紙一片祝福，大讚「男才女貌」。中文網報卻哪壺不開提哪壺，說大陸有媒體稱中國出生的新娘「南京小胖妹」，批評人家長得像媒體大亨的虎妻，虧洋人富豪不能分辨東方女性美醜。

老華僑少時當過幾年「台北小胖妹」，記憶猶新。老來在家中上網看新聞，一面沒良心地為大陸記者的尖酸刻薄失笑，一面直冒冷汗，慶幸自己「小胖妹」時期約會的男生都是「小咖」（Nobody），後來也都沒成大人物，否則本來有自知之明沒敢隨便拋頭露面，卻因身邊人吸金（睛），就讓人品頭論足，豈不虧大發！

我認為不靠臉吃飯的都應該有不被公眾和傳媒批評長相的豁免權。試想，如果當日對新娘外貌苛刻的記者不知道小姑娘是「祖太」，可能會用上「美女醫生」這一類的形容吧？看同胞嫁了大富豪就把標準提高到世界小姐總決賽，有點酸得吃不到葡萄的嫌疑。

華人父母（老華僑的爸媽就是一例）時常自我矛盾，一壁望子女成龍成鳳，出人頭地，一壁告誡小孩千萬別做容易被槍打到的「出頭鳥」。子女長大後能一飛沖天的畢竟是少數，結果多數都成了像我這樣風吹草動就受驚，卻嘰嘰喳喳吵鬧不休的麻雀一族。麻雀小鳥自管林間啁啾，哪怕是罵遍群獸，自稱大王，老虎、獅子不理會，誰人奈得一隻小鳥何？可是麻雀一旦被拱上去，冠名「鳳凰」，其他的麻雀眾口難杜，自然毀譽隨之。看來雙邊都可檢討。

有住在美國東南一隅的朋友以前自稱「深藍」，最近氣得要由藍轉綠；聽說也是對老馬哥心灰意冷到了「休要再提」的境地。有人比較正面，說光罵沒用，要集思廣益，提出有建設性的意見才算愛台灣。還問我的意見？

說來慚愧，我對政治興趣不大，一切道聽途說，毫無研究；以這樣的基礎胡亂發言有點像對沒看過的電影寫影評，非常不負責任。不過看見「藍的」對老馬哥愛之欲其生，惡之欲其死，上演「藍色生死戀」，編小說的就姑妄言之，當講鬼故事了。

既然全屬危言聳聽，就以我在豆腐店等待結帳那麼長的時間段裡，樣本大小等於二的隨機抽樣分析，老馬哥的威信已經「掃土腳」（掃地），連原來的支持者都不想理他了。也是，沒有無恥的無賴當背景，一再重複的謙卑道歉戲碼再無感動，只能倒胃，讓對他有期望的人發現拱上去的是隻沒準備好做鳳凰的怕事麻雀；尊這個、尊那個，不敢作爲就扯尊重司法，忘記自己被起訴的時候也沒相信有青天大老爺，對著連他都認爲遇上政治案件就「非藍即綠」選邊站的台灣衙門喊過冤。

不管老馬哥再說幾次自己聽到了「人民」的聲音，「人民」的主觀感覺就是他講啥做啥就是搔不到癢處；不但看見菲、越在南海挑釁把頭扭轉不去正視，面對日本在釣魚台問題上的囂張也挺不起腰桿，碰到民生問題更荒腔走板，油漲了他說自己喜歡走路，電漲了他說自己不吹冷氣，這樣離心，難怪要犯眾怒。他現在剩的就一張牌——「清廉」。

「廉」大不易，是本國古今難得的美德，尤其現代清官還往往管不了老婆，管得了老婆的又管不了小孩，老馬哥這家人是難得中的難得，不但太太、女兒不想沾他的光，好像連他姐姐、大舅子都爲他失了業。老馬哥「非能員」的印象深植人心，怕是很難洗刷，這下只能在「廉」這個強項上賭他一把，做點實事，才可能在罵名之外留下正面的「歷史評價」。

「掃貪」說起來容易，做起來不先拉個隊伍可辦不到。美國式的民主眾所周知是分贓政治，總統選上以後要論功行賞大「封神」；像老馬哥那樣把「神」封到外面去的很少見。連我一介草民都知道政黨政治的領袖對培養自己黨內的接班人才責無旁貸，只有老馬哥看來像是害怕同黨有「出頭鳥」，有遠見地把在重要位子上歷練的機會拱手讓給「黨外人士」，難怪自己困在辦公室當「寡人」愁對小祕書，幾次公開承認出事要等讀報方知；

看來身邊再無謀士，也沒有「同志」甘為馬前卒。所以肅貪之前老馬哥還要有權責相符的團隊，別老以為敢罵他的才無所求，淨為「止謗」的私心做些不符政黨政治常識，「招安」似的任命，埋些地雷在所謂的「國民黨政府」裡，最後的結果就是政令出不了立法院，聲望下降，弄得人家豆腐店老闆都不想提他的名字了。

不過即使豆腐店老闆心繫家鄉事，人家的店畢竟開在新大陸。曾經是我偶像之一的伯母最近以九四高壽仙去。她過世不久前我們聚餐。席間伯母大談時事，對「總統」的國防和健保政策提出批評。小輩們諾諾聽了半天，她女兒忍不住問：「媽，你說的不是馬英九啊？」在美國過了半輩子的伯母沒好氣的答：「當然是歐巴馬啦！誰在講馬英九？」

（二〇一二・五・二十三）

作家情結

前言：

二〇一一年春天（四月《歸去來兮——啞謎道場》部落格發布）之前，我獨鍾小說創作，自認不會寫散文，一向韜晦藏拙，能免則免。西元七〇年代上一輪的寫作生涯中留下來的「非小說」只有幾篇零碎稿件，〈作家情結〉也在其中，算是發表過的「不得意之作」。

那時（一九八九年）我住在佛羅里達州，林海音女士的公子夏烈先生在加州灣區主辦一個文藝活動，給演講人一張來回機票外帶五星級酒店住宿。我離開台灣以後鮮少有機會和華語文化界接觸，深居簡出有年，主辦人卻極有說服力，就終於成行。之前我已經近十年沒有以「作家」身分露過面，行前大約有些緊張，就寫了〈作家情結〉為自己打氣。現在看看，說什麼跳完有氧體操以後跑去吃蛋糕，真是充滿八〇年代風情，令人啞然。而文末寫的傻話，要自己「不怕、不怕」，更是可笑至極。不過有些觀點歷久彌新（或者叫沒有進步）：抱怨華文寫作稿費低，害怕面對陌生讀者，厭惡熟人看小說對號入座。

本來寫得這麼差的一紙牢騷就該讓它湮滅，可是文中自述回想起怎麼從愛寫的青年走到了罷寫的中年，又怎麼相較於當年聽見「阿姨作家」一詞如受當頭棒喝的震驚，已化為今日自詡「阿婆作家」卻誰奈我何的泰然；歲月原來沒有負我，稀裡糊塗，人生又晉一階，二十年前未達「不惑」，轉眼早過「知天命」，望「耳順」，終將至平生嚮往的「從心所欲不踰矩」。偶得寫壞了的「少作」，權當看見一張不上相的老照片，哪怕拍得再醜還有青春無敵，自暴其短是留昨日念想，聊供今朝笑玩。

（二〇一二・五・三十一）

和兩個朋友去看楊德昌導演的《恐怖份子》。

劇中女作家抽菸；朋友附耳過來說：「咦，你倒難得，不抽菸！」

劇中丈夫表示素來尊重太太寫作，對白是：「……連你書房都不敢進。」朋友笑起來，又湊過頭問：「你們家也是這樣的吧？」

劇中女作家不告而別，失蹤數日，歸來不交代行蹤，只說：「寫完了！」朋友樂了，連聲說：「就是這樣的嗎？作家都是這樣嗎？」

雖然被從小帶我到處看電影的老哥嚴格訓練「觀戲不語」，到此爲了表明立場，不能再保持緘默，就撇清道：「是啊，寫東西的人可能都有點神裡神經的！」言下之意，當然是「咱不是那掛的！」

想想也是，我既不吸菸，又不熬夜（唯恐睡不夠），更不遠遊，遊也有方（我洗頭去啦，我買菜去啦……），眞是太不脫俗了。可那電影裡還是有片段頗能引起我的共鳴。最讓我感覺有意思的是劇中的讀者們，一個個比那作家更進入小說，人人爭著對號入座。

我看到劇中女作家婚前男友一角非賴上當她小說裡男主角一段，不覺笑出聲來。那段對白的精采太具專業性，一戲院只有我一個人在笑，很是寂寞。

也許每個寫了點什麼文章發表的人都有過這種啼笑皆非的經驗吧。有一陣子我差點以爲是我的獨家苦難，因爲我的一個熟人替她全家人都在我的小說裡找到了位置；她的媽媽大概選角不易，只好配給了我的「爸爸」。自然，我「爸爸」那一角也是她給派的。這件事的最高潮是她後來離了婚，據她說原因之一是因爲她丈夫以我的小說爲憑證，誣她婚前有太多男友。（作家朋友寫的每個愛情故事女主角都是她，男友焉得不多！）

我應該竊喜自己編的故事這樣引人入勝，可是當時實在太年輕，只覺得是天大的冤枉，沒口的申辯：「我沒有寫過你呀，沒有呀，眞的沒有呀！」

「可是你寫了長頭髮，我也是長頭髮⋯⋯」她幽怨卻堅定的指控：「他說你這樣太不道德了！」

「咦？你不會告訴他我說我寫的不是你？」我又急又氣，「我跟你說過多少次！我寫的是小說，又不是寫歷史、寫新聞，都是編的，不是眞有其人，你爲什麼因爲認識我，就一直要往自己身上扯呢？」

「我也告訴他的，可是他不相信！」她舉出有力的一點，「你小說裡那個女的穿藍色衣服，他知道我最喜歡藍色——」

「可是我不知道！」我粗魯地打斷她，「我不記得我寫人家穿什麼顏色的衣服，那件衣服對那個故事不重要。可能我那天剛好用了一枝藍色的原子筆。我發誓我寫的時候絕對沒有想到你⋯⋯」

碰到這樣夾纏不清的人，發誓沒有用，恐怕自殺都沒有用吧。可怕的是，我年紀漸漸長大，生活中遇見這樣的熟人有增無減，有時候眞是令人灰心。這幾年我用英文名字的機會多，碰到人家問自己中文名字的時候就變得口齒特別不清楚。從未鼓勵我當作家的父親竟然爲此大表不滿：「又不是做過賊！」他說。

有一陣子公餘去跳有氧韻律操。這些老師自己租個地方就跳起來的體操教室是連鎖店；從音樂、動作，到如何鼓舞學員士氣都是一個高高在上的總部統一設計規畫的。一屋子女士常常一面氣喘如牛，一面還要跟著老師亂喊：「大家一起跟我說：『我不胖，我不肥，再跳幾下肥油掉，永遠永遠掉——掉！』」

當然這都是我瞎翻的，意思差不多就是了。這還沒完，大房間裡環肥燕瘦，跟著前面一個女人大吼大叫，有問有答：

「你能做到嗎？」領袖喊。

「我能做得到！」眾人答。

「誰是敵人？」領袖喊。

「肥油，肥油，肥油！」眾人答。

「再十下、再九下……，等下就能吃蛋糕！」領袖喊。

「吃蛋糕！」眾人歡呼。

我的自我意識太強，雖然相信體操健身，卻沒有辦法在大庭廣眾前隨波逐流瞎嚷嚷。回想高中參加節慶遊行喊口號，我都喊「啊啊啊——」代替「某某萬歲！」。可是閉著嘴用勁，或者抿著嘴偷笑，卻不是有氧運動的眞諦。後來一天我忽然想通，叫就叫吧，呼呼喘氣也未見得比鬼叫優雅。這一張嘴把醜腆丟開，簡直如入新天地；不但哇哇地自己很投入，和班上的三姨媽六姑婆也馬上認同，交成朋友，上課切磋舞藝，下課同品糕點。跟著老師八七五六，做到氣竭方休。

人生在世很多時候都需要韻律操教室裡那種不經思索的理直氣壯。我就深恨自己為什麼不能對是「作家」也有同樣的勇氣叫他一叫？打開報紙，有「離婚後心理復健協會」，有「戒酒戒毒重建中心」，卻沒有地方治我的毛病。

這幾天我又陷於困擾。原因是在三藩市的一個協會邀我以作家身分去演講。「避世」有年，謝絕不難，可是主持人很有說服力。他說：「這對你有好處，你已經離開台灣很多年，讀者已經忘記你了，你已經是『阿姨作家』……」

是啊！一轉眼十幾年了，已經是「阿姨作家」，為什麼人家一把我當「作家」，我就彷彿有罪不能抬頭。我寫得少，我的書不暢銷，可是既不是有人代筆捉刀，又不是自費印行滿街派送，大約不必驕傲，卻也不必慚愧到讓父親都生氣吧。

我想起多年以前，我曾迫不及待地要變老：嘿，如果我夠老，讀者就不敢來跟我說：「你為什麼不是長頭髮？我覺得你應該是長頭髮！」或者很遺憾地說：「你比我想像中胖！看你的小說你應該很瘦。」

現在我不再年輕，年輕時做過「青年作家」所受的心理傷害卻沒有痊癒，至今不願以作家面貌示人的心理障礙植基於當時。多年前有一次應邀簽書，讀者看見簽名就抗議：「你的字不會那麼醜吧！請你好好簽行不行？」又有一次，來訪的記者小姐說：「你那麼年輕卻把愛情寫得很深刻，自己的感情生活一定多彩多姿！」

寫作不過是愛好，不是天降大任，我無意爲興趣受苦受難受冤枉，更加不認爲作者該爲讀者的「煩特思」（Fantasy）負責。演藝人員在我們的社會裡報酬比作者高很多，「煩特思」的滿足也公認是這份高酬交換的服務之一。作者在稿費十年如一日的情形之下還要拋頭露面，我眞覺得不太公平。

所以我視將對三百人以作家身分演講爲步入中年後的自我心理建設。我還沒有神經質到要照著鏡子說：「不怕！沒什麼好怕的。讀者並不可怕。沒人會批評我的長相，質問我的感情。聽講只是想分享作者的文學觀點。如果要看好看的人，觀眾會買票去看明星秀，誰要看作家？所以不怕！不怕！」

然而我是想的。我忽然懷念起那個總是汗濕重衫卻不忘大嚷大叫給學員打氣的韻律操老師來。

原載一九八九年一月二十二日《聯合報副刊》

少年行囊

兒子小的時候奔來跑去，難免跌跤、擦傷、破點油皮，哭鼻灑臉地向父母撒嬌。我這做媽的就說：「真同情你呀！」他們從外面玩耍歸來，喋喋不休分享新鮮事，職業婦女兼任的家庭主婦是停不下來的八腳章魚；這一腳還沒邁出，那一腳就得跟上；就算童言童語有趣，也未必有時間和耐心聽完，走神到對答不上了，就用誇張的口氣說：「Sure, sure. I love you!」

高中好友自己也是兩個男孩的職業婦女媽媽，卻是快手快腳的行動派，對我這種只施口惠的行為很看不上眼，譏笑了二十多年，有機會就虧：「你就會講些沒用的！跟你兒子說那個什麼『同情你』！」當年如果是她的兒子受了點傷，二話沒有，立刻拿出醫藥箱，一言未發，孩子還在哭呢，傷口已經消毒完畢貼好了ＯＫ繃。如果沒有時間聽兒子廢話，她也給個痛快：「走開，走開！沒看到媽媽在忙？自己到那邊去玩！」

不過她兩兒子天生沒有大小威哥話多，而我也沒她手腳俐落，所以各花入各眼，各媽管各孩，也算因材施教。反正怎麼樣，怎麼養，多忙的職業婦女也把小孩拉拔大了。她家加我家四個常玩在一起的男孩裡最小的小威哥，今年滿二十歲了。

小威哥找到暑假工，兩家公司之間要做個決定；一家給了他一台嶄新的遊戲機當成面談提問的優勝嘉獎。他收了禮，卻選擇了另一家研發飛彈有關產品的公司實習，理由是「企劃案類似電動遊戲，夠酷」。國防工業哪怕請個實習生也要做身家調查，他正好趁空檔回家省親；更確實的說法是回家「向桌上型電動遊戲機朝夕請安」。

像本地其他青少年一樣，小威哥十六歲半拿到駕照，可是高中跟我在上海待了兩年，上大學後又一直住校，很少機會獨自駕車，更從來沒有開過長途。他原先打算從租屋處騎腳踏車上下班，父母也一直計畫到了時候送他去「上任」，威爸更訂購了一台腳踏車架，要幫兒子運一輛單車過去。沒想到小威哥臨時變卦，決定上班的人還是自己有車方便，謝絕了父母的好意陪伴，要獨自開五個小時的車去「開始新生活」。

少年離家前從打不完的遊戲機前抽身而起，花了些時間採購必需品和整理行李；父母也幫他把車送去保養，逮到機會就發表各種對他將要「半獨立生活」（也就是「賺錢落口袋，開銷靠父母」的理想獨立過渡時期）的建言，連自認已經90%獨立（就是各種保險以及其他想不到的開銷都還歸父母負責）的大威哥也都致電關心，給弟弟忠告，全家忙得挺開心。老媽幾次笑嘻嘻地謝謝小威哥：「終於解放了！以後你到哪裡都自己開車，媽媽旅行不必查你學校行事曆訂機票了。」

等到那天早上一切就緒，兒子把行李安放妥當，拿著車鑰匙過來跟老媽擁抱一下，輕鬆地說：「好了，該走了。」從來避免演出兒女情長的媽卻摟著高出一頭的兒子捨不得鬆手，一面抱怨：「以後我想去哪就去哪，想待多久就待多久，都不能找藉口怪你讓我走不開，那我旅行的時候怎麼知道訂哪天的回程票？」

兒子笑著打斷老媽的無厘頭指控，說：「Sure, sure. I love you!」這就是要老媽閉嘴了；我教的我知道。報應來得個快呀！

忽然想到兩句宋詞，可是沒有唸出來；母親心裡那個與古人同遊的角落讀洋書的孩子到不了，就像孩子奔向的前程，母親也只能默默鬆開手讓他獨自去闖……

少年行囊春光無限繫馬村邊柳
君莫思量今朝此去獨自路迢迢

（二〇一二・七・五）

金雞

台灣的正經新聞和小報界限不明，名人爆出婚外情各種傳媒一律大篇幅報導。我想不少閱聽讀者都像我一樣，一面不齒正派新聞的自甘墮落，一面興奮地追看，還要抽空反省慚愧，兼和朋友品頭論足，糾結矛盾，內心戲「演很大」；只能承認自己這種半吊子讀者實在不比拾水果日報和數字週刊口水的傳媒更有道德。

爲人子女者，無論幾歲，都可能把父母的糗事拿來當笑話和朋友分享。「歡樂時光」（Happy Hour）相聚，娘家殷實的女友應時有感講了一件陳年舊事，說是幾十年前伯母來美國替女兒做月子，全程心緒不寧，好不容易熬到了歸期匆匆就要趕回台灣，女兒留媽多住幾天，媽媽只好跟女兒交底，說：雖然捨不得女兒和新生外孫，可是不能長期離家，一定要回去「顧阮那隻金雞」。

有幽默感的女友邊講邊笑：「那時候我聽了眞是笑得說不出話來，簡直不相信我媽能那麼誇張，說我爸是她的金雞？哈哈哈，『顧金雞』！現在想了還好笑！」

不過有「顧」有「保庇」，伯父母無風無浪地白首偕老，年至耄耋還是秤不離砣，相互依賴勝過情濃的年輕小夫妻。

我以大陸文革時期「忠字舞」Pose率先發言，表示上一代的華人女性還有裹小腳的，不得不以家庭爲生活中心，除了少數能夠掙脫命運窠臼，多數都成了封建傳統和男權社會的禁臠。可是到了我們這一代，女性有知識、有能力、有機會成就自己的社會地位，不需要男人爲我們掙誥封。維繫婚姻單靠一方看緊或緊看，那有什麼意思？

一個女友啐道：「你就說風涼話吧！要知道亞洲社會對男人的誘惑很多，固然有不少女人是自己不想努力，愛慕虛榮，找個已經功成名就的男人，拿張金卡刷刷。現在也有女人養得活自己，卻根本不想結婚，避免伺候公婆，應付姻親，和其他中國式婚姻帶來的麻煩，故意找別人的老公來往，好有男人做伴卻不用負擔家庭責任。男的沾沾自喜認爲自己賺到了，其實是各取所需。現在女人能不能經濟獨立都可能喜歡別人的老公，台灣的外遇才會這麼多！」

交往十多年男友還是別人名義上丈夫的單身女友不高興了，加入戰團對著我這個把輕鬆話題轉入嚴肅討論的始作俑者開罵：「喂！不要自己運氣好就總是站在人家的老婆那邊！能用理智來選擇的還是愛情嗎？人是會成長的，誰保證年輕時候都遇得到可以一輩子在一起的人？以前台北百貨公司買東西不能退，現在也可以啦。時代是要進步的嘛。誰規定結了婚就不能反悔？為什麼婚外情就是錯誤？而且有些女的不管跟丈夫還有沒有感情就是不肯離婚，誰告訴你婚姻有問題就一定就是男人或者第三者的錯？」

另一個單身女友以己身經驗持平發言，說自己多年來在職場和社交場合也碰過不少風度翩翩，事業有成，而且主動向她示好的男士，可是一旦知道對方已婚，「不知道為什麼？」她說，異性之間的吸引力就會自動消散：「好感完全改觀！」

我趕快插科打諢，企圖把自己誤導眾人從調侃父母的有趣話題轉入討論婚姻倫理的罪孽減輕，就接著話茬說：「對對對！大陸上有句俚語說『有賊心也要有賊膽』。不是為錢在一起的外遇起點更高，不但郎情妹意兩相情願，還要『愛多人膽大』。搞婚外情像參加革命黨，需要比婚姻關係裡更多的浪漫和膽識才走得下去。跟別人的老公眉來眼去，像牽了頭打過烙印的牛在路上走，沒偷都怕人懷疑。不怪你聽到已婚就沒戲，人家的牛長得再好也是有主的，何況到了我們這個年紀？打開電視你也看到了，出包的就是個糟老頭，哪有帥哥找歐巴桑外遇？」

完蛋，越描越黑——不但被批「胡說八道不好笑！」還馬上被圍剿：說誰是打了烙印的牛呢？你去問哪個男人同意結了婚就是自己有了「主人」？年輕的時候識人不明尋常事，還不許人後悔？照這麼說，外遇才是眞愛？

爲了突圍，只能異軍突起；情急之下，想到出賣自己老公一件軼聞或許可以轉移女友們的焦點：

我家老先生每天對著電腦，常常抱怨腰痠背痛，素來有「被按摩」的嗜好。在上海有一位相熟的年輕「技師」，固定替他服務了好一陣子，成了老客人。技師是河南小姑娘，和我家大威哥一樣屬兔，初中畢業就離開家鄉走南闖北，到過開封、西安、北京，十八歲到上海投奔同村姐妹，傾心滬上繁華就留了下來，從此姓名不彰，成了某某「休閒 SPA」的「N 號」。

「N 號」去年底開口跟老主顧說存夠了錢想買一個要價兩萬人民幣的字母包，卻怕買到假貨，問下次旅行能不能從美國幫她帶一個？

意見多多的老妻聽了轉述就發高見：上海滿馬路 A 貨，隨便買一個好了。她才賺多少錢，幹嘛花半年薪水買個眞包？人家 Celine Dion 還帶著保鑣在陝西路上買假名牌呢。

老先生說跟他想到一處去了，可是「N 號」表示她哪能那樣？小姑娘的想法是，外國歌星可以買假貨，「足浴技師」不能買假貨。她自信心不夠，一定要背眞的才行。

這番說法已經逼近哲學層級，很難反駁。喜歡編故事的老妻就擔憂起來：小姑娘逢人就透露買名牌包的心願，碰上有醉翁之意的客人藉機吃豆腐怎麼辦？不過這份心算是白操了，「N號」不久以後離職了，又一個花樣少女消失在上海灘的花花世界裡。足浴店裡膀大腰圓的熟女技師有評：我們這裡這麼苦，年輕的姑娘都做不久。

我就問：「你們不是也從年輕姑娘過來的嗎？」答案是：「我們不一樣，我們能吃苦。」那麼不能吃苦的小姑娘都去了哪裡呢？

女友們雖然被這個故事成功地移轉了注意力，卻聚錯了焦，對現如今能吃苦的小年輕在哪沒興趣，反而我先生成了大家關注的對象：「欸，很可疑哦！你怎麼知道你老公沒買那個包？」

「——拜託你好不好？男人跟女人怎麼能一樣？對他們來講，跟兒子同年不是缺點，談不談得來更不是重點！」

「人家本來可能很單純，在上海混了幾年就很難說啦。找男熟客帶名牌包，這還不明顯呀？你老公有這麼純潔會不知道要接招？」

我被一堆「恰查某」爲難得落荒而逃，回去趕緊找機會問先生最近有沒有聽說「N號」的近況？老先生搖頭歎息道：上個月去上海還找過，說回老家了。回家鄉也好，上海地方凶險，一個純潔的小女孩，傻傻的到處要人帶名牌包，碰到不安好心的客人，會占她便宜的，一個搞不好，就此墮落都說不定。可能眞有鄉下女孩就這樣爲了一個皮包失足，成了「金雞」。

中文有趣，此「金雞」自然不是彼「金雞」。光我知道的「金雞」就有三種：事業成功的伯父被伯母顧而惜之，怕人來搶，用的典故是伊索寓言裡會下金蛋的那隻「金雞」。

廣東話的「雞」取諧音，香港出品過一部有關應召女的喜劇就叫「金雞」。從前我一個北京下屬辭職的時候抱怨外資企業不如大陸國企，不但晚上超時加班視爲當然，還要將就美國母公司的時差，黎明即起打電話或視訊會議，害員工「起得比『雞』早，睡得比『雞』晚」。前半句裡那隻早起的顯然是「司晨金雞」，後半句晚睡的就是廣東方言融入普通話的實例了。

（二〇一二・七・十）

不與今番同

好友們看我愛編故事，時不時會好意提供小說素材；可是入得了她們法眼，有興致轉述的事情通常都離經叛道，雖然說來是眞人眞事精采萬分，可是卻被我以「小說要比眞實的人生合邏輯」爲理由打槍。其實打開報紙或者傳媒網頁看看，讀者就會相信小說比人生合理。作者既然號稱創作的是寫實小說，不是誌怪，哪怕瞎編，時代背景也需有憑有據，情節發展也要合情合理，才能過得了作者自己這一關，進而讓讀者買單。除了以俊男美女爲號召的偶像劇可以胡說八道至穿越古今，男女互換軀殼，哪裡見過正經小說好通篇不負責任地寫道「不知爲了什麼」，下一個環節就橫空出世？

讀報看見一則標題開頭四個大字是「老嫗隆胸」的新聞，說是大陸上一位六十出頭的王琴女士爲尋找與之有過三日情的初戀情人做了種種努力，其中包括進行隆乳手術。現在的記者好當，坐辦公室裡在網上搜搜，看到無聊名人的，或者有趣素人的，微博追蹤一下，報而導之，湊夠字數就能交差。下面是大陸網報稱爲「勵志婆婆」，台灣網報稱爲「隆胸老嫗」的新聞引用：

七月三日，「勵志婆婆」在二條微博中寫道：「剛剛收到短信，說你早已不在人世。我不敢相信！我能接受臉蛋紅撲撲的帥小伙變成白髮蒼蒼的老大爺，但我無法接受這個世上早已沒了你。」

「當得知你多年前就來到了深圳，我便傻傻地跑了來。假若你已是大款，我會悄然離去；假若你已輪椅伴身，我會義無反顧地接你回湖北老家……為了見你，我就像個涉世不深的少女，不顧眾人反對，拿出多年積蓄做了隆胸，就為變成十六歲與你初相識的模樣。可這一切已是徒勞，遲一點，天上見……」

報導最後說得知初戀情人過世的消息之後：

「勵志婆婆」不再上網，幾天也沒有更新微博，把自己關在了病房裡……「萬念俱灰、傷痛欲絕」……她已經打聽到了初戀情人向先生的安息之地，「等我好了就去看看他，算是對我內心的一絲安慰」。她打算，「等待我手術完事後，靜下來寫一本懷念他的書」。

世事多湊巧，我最近寫的《民國素人》小說中也有一個年紀跟「勵志婆婆」相仿的女士在晚年尋找初戀情人的故事。天馬行空的作者設想兩老重逢以後，不同當年少年情侶分手，即使並非環境所迫，而是自找麻煩，吵架絕交，總還留下今生此後的一點懸念；可是到了晚年重逢，哪怕衷心諒解甚至舊情復燃，念及壽限有終，即使心中依戀如昔，卻已了然生離即是死別，相見爭如不見。可是既不想見，卻又不能停止想念，此中「新苦」，值得一記。根據創作需要，作者好好的把青梅竹馬相識，卻到了應該「老來萬緣空」，才得以重相逢的種種情緒和可能發生的狀況琢磨了一把。更到故紙堆裡去「找感覺」。偶然讀到北宋晏幾道的〈離多最是〉，不禁拍案！詞云：

離多最是，東西流水，終解兩相逢。淺情終似，行雲無定，猶到夢魂中。

可憐人意，薄於雲水，佳會更難重。細想從來，斷腸多處，不與今番同。

那種經歷了一生後還沒忘卻初衷的愛情應該就是這樣吧？相愛卻未能相守的兩個人，到了晚年尋訪再見，各有際遇波折，心情再不同於少艾相慕是共譜生命樂章的起音，老去重逢只能是獨吟低唱的尾聲。不再單純的感情是曲折婉轉的行雲流水，千年前詞人描述的相思斷腸，經過人生的經驗和反芻推敲，情緒層層堆疊再又抽絲剝繭，終於體認出「不與今番同」的斷腸之處。

「勵志婆婆」的新聞就在作者認爲「找到感覺」的同時映入眼簾；看見眞實人生中老太太爲了見初戀情人做的前期準備只能無言地擲筆（丟開筆電 laptop）長嘆。

咳，再怎麼能胡扯，埋首唐詩宋詞從流傳千年的感情中去尋覓靈感，寫小說的也編不出時人「老嫗隆乳」這樣「瞎」的情節呀。最讓人費解的還有老太自云：「拿出多年積蓄做了隆胸，就爲變成十六歲與你初相識的模樣。」算起來「勵志婆婆」十六歲的時候是西元六〇年代，那年頭在台灣，男生和女生牽小手都不普遍，剛開始文革的大陸，就算發育得又早又好，青少年就能注意到女生胸上去？難怪王老太的眞實人生讓愛編故事的作者豎白旗——當年談早戀的那二位前輩「細想從來」恐怕不是普通孩子，也算「不與今番同」。

（二〇一二・七・十五）

君自何處來

和女友們聚餐。談到美國「人蛇」問題嚴重，單只紐約一地，「證件不全」的福建移民就有四十萬之眾。

「人蛇」一說起源香港，形容內地偷渡者躲在漁船底艙入港，身體蜷曲若蛇，後來就用來泛指非法移民；經營這一旁門生意的黑道大哥或大姐就叫「蛇頭」，做的可是刀口上舔血的買賣。據說走私人蛇的利潤驚人，所以即使明知被抓了後果嚴重，殺頭的生意也有人前仆後繼。隨著中國門戶大開，三十年來偷渡形成了一個規模巨大的跨國商業鏈，而且看準了美國對青少年犯罪的寬容，人蛇的年紀越來越小，許多是十四到十七歲的小孩，落網小人蛇的故事千奇百怪，他們的親身經歷常常讓調查案情的移民局官員以為在聽天方夜譚。

座中有人質疑：世界資訊發達，歐美非法移民死於非命的新聞時有報導，這些人在家鄉難道沒有聽說過？而且中國已經富了，沿海的僑鄉更富，小人蛇現在多是獨生子女，他們的父母爲什麼要把家中寶貝們送上險途？

其實僑鄉素來崇拜冒險家，村人更可能存有僥倖心理；在家沒親眼看見慘死在路上的冤魂，或者異國監獄裡哭泣的囚犯，卻隨處看見衣錦還鄉四處炫富的同鄉，難免起了「見賢思齊」的心。村子裡「出國」蔚爲風氣，青少年往往小學畢業就不升學了，坐等機會偷渡。小人蛇文化普遍不高，對外面世界的認知有限，即使問他們爲什麼家裡要花上這麼一大筆錢尋求毫無把握的偷渡之路來美國？也都說不出什麼道理，多半是大家都來，自己也就來了。

在座一位老同學，當年在台灣放棄聯考第一志願的錄取名額，到美國先上了兩年英文才轉入正牌大學，雖然最後還是名校博士而且如今事業大有成就，卻發感慨道：「我們當年來美國，除了聽說迪士尼樂園很好玩之外，也不知道美國究竟是個什麼樣！也沒有想得太遠、太多，還不是看人家來就來了？」

眾人議論紛紛，有的感覺兔死狐悲，同情小人蛇飄零異鄉，身繫囹圄，有的感覺這些人的父母昧於常識，讓子女涉險，更讓美國白人至上的政客抓到小辮子，模範華裔族群受累同羞，不無可惡之處。

作者不想女友們的歡樂飯局話題漸入嚴肅，想起一件多年前的趣事，就語出驚人：「我有和人蛇相處的第一手經驗。想不想聽聽？」

十年前的寒假一家四口去義大利自助遊；那幾天到了佛羅倫斯，城裡玩遍，開始周邊城鎮一日遊，當天造訪了比薩斜塔，回程已近黃昏，大家都累了，而且既是短程，也不能講究火車是幾等座，雖然看來有點擠，來了就上，爭取早點回旅館休息。一家人上車只能分坐，我帶著大小威哥，威爸和陌生人在另外一頭。車行數站，威爸擠過來說他巧遇了一個在地的中國旅客，可以帶我們去「中國城」，他認爲得到一個「加景點」順道遊的好機會，應該把握。每次和他旅遊都出類似「狀況」，已經見怪不怪。一行人就這樣跟著萍水相逢，連姓名都沒有交換的陌生女子下車又上車。

帶路的女子四十來歲，穿著樸素，紅夾克黑褲子平底鞋，像一個靠勞力生活的人；她沉默地領著我們跳上開往米蘭方向的頭等列車，五個人坐進了同一車廂。

我翻背包把「歐遊派司」拿出來等待檢查，帶路大姐打破沉默說：「只坐一下，不會查票。」她看起來門檻很精，我就請問將要造訪的中國城方位何在？她卻對地理問題一概不答，而且面容嚴肅，讓我不能不懷疑她有點後悔和提防這莫名其妙就跟上她的四條「黃魚」。小孩不耐煩了，問什麼時候到旅館？聽說加了一個行程（Stop），自然不高興，兩兄弟用英語抱怨起來。

帶路大姐看著當時還小的大、小威哥兩個打打鬧鬧，忽然露出笑容，說：「你們做父母的應該犧牲自己，像他們這樣大，留下來最好，以後就像溫州人一樣，可以自己做老闆。」她指著十五歲的大威哥說：「他現在就可以進工廠，他們這個年紀學義大利文很快，一點問題都沒有。」指著十歲的小威哥說：「他可以去上學，還來得及，你們做父母的要爲孩子吃苦一點。」

我們都笑了起來，解釋道：「不不不，我們是從加州過來觀光的——聽起來你不是溫州人？」

大姐說她是福建長樂來的，可是這裡的長樂人不多，做老闆的都是浙江溫州人。她忽然話鋒一轉，問我們是不是東北人，然後說別看東北人長得高大，卻不如福建人能吃苦。她的工作間裡來了幾個東北人都吃不了苦要回去了。

中文聽力有限的大威哥用英語打岔問：她跟你說些什麼？爲什麼要你把我們留下來？什麼是「溫州人」？什麼是「老闆」？

我告訴大兒子：「溫州人」是從中國溫州到義大利的移民，很多在這裡經營製衣廠。她說如果我把你留在義大利，以後你也可以在這裡開一間 Sweatshop（血汗工廠）。

「荒謬！」大威哥一邊罵，一邊迅速翻譯給完全不知所云的弟弟，讓他也好明白車廂中大人的陰謀。小威哥一聽氣炸了，居然有人當面勸說父母把他遺棄在義大利？當場抓狂大喊：她誰呀？**I hate her!**

大姐忽然臉色一變，也喊了起來：「這班車不對！」糟糕！只有頭等座位的是長途快車，正疾馳而過她的目的地小站。

我揶揄威爸：「喂，如果這是米蘭直達車，我們今晚只好睡車上了，就勞駕你打電話請酒店把我們的行李掛過來吧？」威爸至此也領悟他找的帶路人不但不識義大利文，可能連西文字母也不認得，坐火車不但逃票還碰運氣，要到站不停才知道上錯車。更嚇人的是情緒好像不大穩定，態度忽冷忽熱，不能有效溝通。還好我們幾個不是眞「人蛇」，否則遇到這麼個不靠譜的「蛇頭」，小命都有危險。

大姐神色慌張，招呼也未打就起身開門向外走，口中像跟我們辦交代，卻更像自我安慰似地喃喃自語：「沒事，下站很大，一定會停的，走一下就到了，很近的。沒事！」卻沒有回答我們「下站是哪裡？」的重要問題。她的倉皇影響了大家，我們也像沒頭蒼蠅似地隨她走到車廂門邊去等待；大威哥評估道：這個女人看起來有問題。我們不該再相信她！小威哥擔心地問：等下這站也不停，我們要像表演特技那樣跳火車嗎？

幸好車在下一個大站如願停了，眾人慌忙隨著大姐下去。看見站名 Prato，此前還眞沒聽說過。

出站後帶路大姐一路行軍似地步行甚疾，而且捨棄大路，穿街走巷。我們不知自己置身何處，她又不再回答任何問題，只好拉著疑問不絕的孩子：「到底要去哪裡？」、「怎麼這麼遠？」努力跟上她的腳步。可是這個不在行程之內，又下錯了站的異國城鎮卻意外的美麗幽靜；向晚時分古意盎然的灰色窄巷有石板路高高低低，兩旁錯落有致的小酒館忽然亮起一盞燈，金黃色的光打在書法精美的小小招牌上，讓人錯覺走在電影場景中，如果旁邊擦肩而過《羅馬假期》裡的赫本和畢克（Audrey Hepburn & Gregory Peck）好像都不該讓人太吃驚；這條街比較前幾天所在的那個亂哄哄的羅馬，更像旅人想像中的義大利。我們流連風景，腳下也慢了。

人就這樣跟丟了！

小威哥說：丟了好！她是個壞人！大威哥說：這是哪裡？我們怎麼回旅館？我說：叫個計程車回火車站，從頭來過。

「咦？前面有間中國餐館！既然來了，就別急著走，先吃頓中國菜再說吧！」威爸可能要爲自己輕率跟著陌生人亂跑贖罪，就把大家拉進了餐館。

餐館很氣派，晚餐高峰已過，客人不多，雖然在遍地美食的義大利，賣的中國菜還眞不及格，只有一道「桂花糖年糕」，用泡發了的乾年糕切片拌炒白糖，上面澆了點桂花醬，看起來像寒酸的「留學生食譜」，卻很受兒子捧場，吃完還再加點一盤。

我請餐館的人幫忙叫車去火車站，說是要一會工夫，「好奇寶寶」威爸就抓緊時間出去逛大街，一會回來興奮地說：「其實我們就在中國城旁邊，轉個彎都是中國商店，很多人，很熱鬧！我們剛才應該再堅持多走一條街就到了。」母子三人沒他那個興致，等到車來了，奔火車站前先繞一圈，表示到此一遊足矣。

那三分鐘「坐車看花」的義大利「中國城」之旅卻留給我深刻的印象；燈光昏黃的一條街，已經過了本地商店的打烊時間，明顯是華人開的鋪子卻留著一扇門，擺出桌子和電話提供同胞和家鄉通訊的服務。路上人眞不少，行色匆匆，都像是爲我們帶了一段路，卻被跟丟了的大姐。看不出滿街的華人都從何處來，又要到哪裡去？是不是因爲不識外文，在異鄉成了文盲，日常生活時刻充滿了未知和冒險？路邊有法拉利跑車突然啓動，像悶雷爆炸，怪獸低吼，領著時髦小妞，坦然接受著路人欣羨目光的是個姿態高調的華人年輕駕駛。他是不是十五歲時被父母帶來滯留此地，後來學會本地話，就贏得了似錦「錢」程，成了今日血汗工廠老闆的當年小人蛇呢？

走起來遠，坐車卻近，到了火車站表示探險結束，大人孩子都輕鬆快樂了起來。大威哥調侃父母爲這件旅途插曲做結論：「啊！我知道了，你們不回旅館卻跟個奇怪的女人來了這裡，走了一個多鐘頭就是爲了找間中國餐館吃晚飯！」

（二〇一二・七・二十一）

輯二 雲深不知處

老去腰難折

精力過人的女友常常週末接連打三天高爾夫球。週一在舞蹈教室和老華僑一起上課的時候，一面跳得汗如雨下，一面悄聲抱怨腰瘦背痛，氣力不濟。被我當場無情譏笑：「像你這種玩累了的人，就算身上痛也不值得同情！」

人不能太「鐵齒」，報應很快來臨；好好的人忽然之間腰痛，坐立難安。老華僑追究病根，自覺是夏天伊始度長假的時候玩得太瘋。跟曾經抱怨腰瘦背痛的朋友通氣訴苦，對方沒良心地逮到機會報仇：「你才說我什麼來的？現在也沒人會同情你！」

痛未定深思痛，自我診斷，如果不是那天在山區冰冷的河裡游泳和湍急水流搏鬥太賣命，就是彼日穿著沒有鞋幫支撐的海灘鞋在海邊礁石上健行太久。反正後果是等閒直不起腰桿，不但日常瑣事佝僂行之，連坐下站起這樣簡單的動作都要先來上幾分鐘驚天動地，唉唉不絕的「老嫗」模仿秀。

家裡老先生看見素來活蹦亂跳，「不知老之將至」的老妻有難，一面貼心地幫著坐臥之間扶起放倒，一面借機調侃：「嘖嘖嘖，平常不是很活潑的嗎？」又誇自己有先見之明：「看我講得對不對？如果不讓找小蜜，那就一定要買長期照護保險。統計說嬰兒潮將來有60％的老人會需要長期看護。要是我生病動不了，你是推輪椅會推下樓梯的人，怎麼能放心讓你照顧？如果你繼續長胖，以後我一個人也拉不動你。老了非找人幫忙不可。這是現實問題！」

「要不然，老了搬去請得起看護的國家。或者回台灣？」他再第N次說起曾在台北街頭看到過的改裝創意輪椅：「……一個老人坐電動輪椅，後面加塊踏板，再裝個喇叭，插一杆紅旗，一個小個子外勞看護站在上面，在馬路上呼嘯而過，架式像愛斯基摩人狗拉雪橇，速度直追摩托車，真天才！」

寫《民國素人》，我忙著往回想，很少向前看，養老的事就交給先生去煩惱。被我當成偶像的伯母在八十八歲時的名言是：「等我老了，要回上海去養老。」那麼如果有幸活到八十八歲，再來想將來的事吧，現在是忙得眼前都顧不了了。

在哪裡看過當年在上海和張愛玲齊名的女作家蘇青有過名言，說是人保持年輕的祕訣有三：身體要好，不能窮，心裡不安分。

這話看起來容易，其實不是人人做得到的。一個朋友不服氣，舉例某個比我們年紀大不多的富人三妻四妾，個個爲他生兒育女，顯然符合條件，怎麼看著還是像個小老頭？

我對這個所謂「祕訣」的個人淺見是：窮不窮是比較級的，無論多富，覺得還有人比自己富，那就還是窮了。別人看著不富，自給自足，不虞匱乏，那也就不會窮了。人的心裡安分不安分，也不是到處拈花惹草就能體現的。行動上的巨人可能正是思想上的侏儒。我就看過見一個女人愛一個，可是對男女關係的認知和處理方式停留在清朝思維的男人。這種人打從心裡面「遵古制」，凡事想著參考封建祖宗的做法，行爲再「不安分」，心裡早就安分了。

只有身體健康是童叟無欺，沒有價錢可以講的「最高準則」。身體好就面色紅潤，精神飽滿，身體差，就無力無心，玩都玩不動，沒老也老了。

女友打電話來，未語先笑。她正在車上聽收音機，剛報導了美國嬰兒潮世代（一九四六到一九六四之間出生的人）進入退休高峰，很多人賣了房子支付兒女的大學教育費用，自己買輛 RV 開了到處遊山玩水，不去想太久以後的事，且先把眼前的好日子過了再說，這些曾經一度勤奮工作，生產奉獻的人，現在轉跑道以玩樂爲生活重心，可能成爲將來社會和環境的負擔。她一聽就想到我，我是她認識的第一個這類人。她笑說本來佩服我連 RV 都敢開了跑，現在才發現原來不是開風氣之先，竟是趕時髦隨大流。

根據老華僑的親身體驗，不懂這個累人的活動爲什麼被貼標籤成了退休人的玩藝兒？從前聽我父親說「老去腰難折」，還以爲是喻人有「骨氣」，看重自己一張老臉不輕易低頭，沒想到是白描寫實！就唉聲歎氣地告訴女友：開輛大車去個地方不算啥本事。開到哪停下來以後，接連天天上山下海，那才開始體力的考驗。RV可不是什麼人都能玩的鳥，眞的要身體好！

題外話：

1.雖然一直想著總有一天要去找蘇青的作品來看看，可是迄今還無緣拜讀。上文謅的「年輕祕訣」應該是看見誰（張愛玲？）的文章裡引用過，三十多年前的記憶，手邊又沒有書，無法求證，幸好寫的是遊戲文章，不是學術論述。可如果引錯了，我不想成了以訛傳訛的那個「訛頭」，特此聲明。不過上網「孤狗」還真沒有找到，只有蘇青的另一句名言廣被流傳討論：「飲、食、男，女人之大欲存焉。」這位前輩果真走在自己時代的前端。吃男人豆腐的級別比當今以嘴上跑馬受歡迎的電視女主持有趣文雅多了。

2. RV（Recreation Vehicle）就是露營車，又叫活動房屋，Mobile Home。常見的都

是由卡車或巴士改裝，上面廚浴俱全，很多一停下後，按個鈕還能向左右擴張，車體變寬，成個舒適的房子，或者直接把巨無霸大巴士內部改裝成豪華居室。亞洲原來很少看見，近年本土明星向好萊塢看齊，有用來做外景休息室的。這玩藝兒耗油大，不環保，而且離開北美洲以外也罕見有地廣人稀、公路系統發達，和公園營區設施健全的三個條件來支持這種變形金剛一樣的「玩具」。作者無意推廣，一併聲明。

（二〇一二・八・五）

上：人在番邦心在漢；手上拿的是蘇軾文集

下：移動的家

鵝頭

在美國工作的三十年間我看的最多的是公司文件，寫的最多的則早期是還要列印在紙上，分送到同事郵件匣裡的辦公室備忘（Memo），後來就是電子郵件。做爲職業婦女兼家庭主婦，離開學校以後，很少有機會正襟危坐讀閒書。多年前我在飛機場買了一本英文紙版暢銷書，放在手提行李裡，利用候機，或者飛機上不想看電影的時候翻閱，結果讀到暢銷書大概成了絕版書還沒翻完。

重新拾回讀書的樂趣是二〇〇五年被外派到上海以後，回到母語閱讀的習慣，語文超越了日常生活的需要面，又成了興趣。很多一度遺忘了的典故、詩詞、金句、篇章跟著胡亂選讀的書籍重溫。看中文的速度也幾乎回到年輕時候的一目十行。

可是畢竟把創作丟下了幾十年，再出發的時候難免心虛。兼之年紀大了，雜事多，思緒凌亂，對自己曾引以爲傲的記性也失去了把握，引用有出處的文字，不想掠美，卻張冠李戴；例如把張愛玲的名言塞到蘇青的嘴裡。幸好讀者水準高，所以在此謝謝指教。

讀者指出，張愛玲在她的散文《我看蘇青》裡說：「駐顏有術的女人總是：（一）身體相當好，（二）生活安定，（三）心裡不安定。」

我卻記成蘇青說保持年輕的祕訣有三：身體要好，不能窮，心裡不安分。意思雖然看起來還是那個意思，細部實有出入；尤其「不安分」和「不安定」差很大。「不安定」不過是心裡騷動，總還在「份」上。「不安分」就天馬行空，離譜出格，尺度大得多，算是「後民國版」。我的朋友從我這裡聞此一說，還問：「不能窮，是要有錢去拉皮嗎？」她那個思維就更晉一級，算「摩登版」了。所以應該註明的是，這是新「年輕三祕訣」，是作者看了張愛玲寫蘇青，沉澱三十年以後，忘卻前情，在殘留印象上發展出來的個人演繹。

成文時懶惰，未能小心查證，只寫個免責聲明（Disclaimer），實在不負責任，恐怕當「鵝頭」（以訛傳訛之源頭）免不了。謠言，或者叫錯誤信息，常常就是這樣開始的。所以不能輕信編小說的人寫雜文。

（二〇一二・八・六）

斯人獨憔悴

丈夫剛從上海回到僑居地。飛行途中有位坐在附近的華人女士拿了出入境表格，聲稱不懂英語，過來蹲在他座位旁邊，請他幫忙塡寫。機艙當時已經熄燈，老先生一時沒有注意來人挺著一個大肚子，發現後感覺身爲「尖頭鰻」讓一位孕婦蹲踞在旁，很是過意不去，爲了表示友善雙方就攀談起來，交換了名片；女士任職金融業，是位成功的職業婦女。她說自己花了七萬多人民幣買機票到美國來闖關，準備在灣區買房子住下待產，日後好當「美國人的媽媽」。先生認爲她的機票價格過高，有被宰之嫌，也同情她孤身一人，挺著個臨盆大肚，語言不通，在三藩市也沒有親戚接應，替這位勇氣十足的孕婦捏把冷汗之餘，就說了句客氣話：如果有需要幫忙的地方，言語一聲。

老先生到家就把這事給忘了。過了幾天萍水相逢的女士主動聯繫，說是已經分租了一處房子，安定下來。可是沒有車，行動不便，問可不可以帶她去城裡的聯合廣場血拼？聽說來回要二小時，倒也沒有堅持，只是一下打聽本地物價行情，一下諮詢醫療保險，問了許多問題。最後向老先生求證一事，說是朋友告知，像她這樣在美國沒有保險的外國人，可以逕行去醫院生產，拿到帳單說句「沒錢付！」就不用買單。

老華僑誠實納稅多少年，聽到先生轉述江湖上有用「沒錢付」代替簽單的說法不免氣沖牛斗。這位大姐買得起頭等艙機票到美國生孩子，卻不想負擔醫療開銷？她個人逃避生產費用也許「賺到」，卻沒想到留下「華人孕婦生了就跑」的惡劣印象要其他旅美「同胞」買單，因之產生的醫院呆帳要繳費的病人和社區買單，更別提公家補助的醫院虧損是要所有加州納稅人替她買的單了。散播這種消息，鼓勵這樣缺德行爲的究竟是她的什麼「朋友」？

我想起數年前，在大陸的網路上有人發布旅美 A 手機的教戰手冊，教人如何在離開美國之前，假意和電話公司簽約兩年，得到免費手機後再一走了之。這種「網友」，做出「丟臉丟到外國」的事情不但不覺得良心不安，還上網路公開「不誠實」祕訣，「吃好到相報」，這些人的道德觀眞是出了大問題。

前幾年北京有位仁兄，一路用不正派的手段，大學時期在北京就欺騙老師、散播謠言，成功排擠了其他較之更合資格的同學，得到轉系和後來留學美國的機會。再在美國買了個野雞大學的學位，混進微軟。後來他以買辦的身分回歸，做了微軟在中國的高層。我在上海外派的時候，此人風頭甚健，常常應邀到大專院校去演講自己的發跡史，大受歡迎。他的演講稿在網上廣為流傳，我都收到過轉寄，簡直不相信有人如此恬不知恥，以自己的邪門歪道做為成功案例，教青年學子步他後塵，偷拐搶騙，博得前程。當時我還很為中國的年輕人擔憂了幾天。幸好數年後民智漸開，有人出來打假，揭發他用三千美金買的博士學位，在南京大學演講的時候，也有腦子清楚的學生公然唱反調，才沒繼續助長這門歪風。

我常常感慨華人太好學，什麼事情都找得到考古題；連偷雞摸狗都能歸納出訣竅和後進及同好分享。大陸在文革的時候大破卻沒有大立，改革開放的時候開始建設，卻又過分強調物質名利。在「激情燃燒的歲月」過後，教育出來的一代人以財富的聚集為唯一的成功標準，把誠實、謙虛、苦幹和仁慈都看成軟弱和不聰明。我在大陸外派的前三年，主要任務是雇工，好聽的說法是「建立團隊」，幾乎天天面試，算不清接觸過多少名牌大學的畢業生。這些年輕人都學有專精，好學若渴，個別專業沒有問題，可是最優秀的人往往表現得最急功好利，團隊精神相對欠缺。業務上出了錯誤強調的都是自己負責的環節如何正確，花在諉過的氣力遠勝補過。

海外華人認不認同當朝聽便，無法抵賴的是祖先地緣血脈。原鄉積弱數百年，炎黃子孫自然樂見和平崛起。可是如果讓人欽羨的「人上人」心裡想的是買樓炒股、手裡提的是精品名牌，口中品的是紅酒雪茄，份屬菁英階層的聰明人便宜行事，把自私自利當成美德傳播，老華僑只能搖頭歎息「冠蓋滿京華，斯人獨憔悴」。

（二〇一二・八・十六）

愛到老病休？

這兩年在台美之間當候鳥，逐漸增加往返次數和逗留時間，讓自己重新融入家鄉風土人情。老華僑每次回故鄉，雖然常常感慨景物全非，與少時朋友一見面，中間消逝的幾十年就好像從來沒發生。從機場接了我的高中死黨笑話我一回到台灣就變成二十五歲，一切的記憶都追溯回到離開家鄉的那天，把和台灣的斷鏈接上。

自己沒注意，經人提醒聽了不免害怕成了老天眞。果眞如此，簡直可以向心理醫生報到備案了；離開台灣，從當回學生開始，畢業成家立業退休，花了三十多年才把人生舞台上的大戲演得告個段落，自覺歸來應該笑傲江湖，百毒不侵。可一點不想光陰虛擲，徒長皺紋，不長教訓，我寧可她們叫「老妖精」，也不願意回到故鄉就成當年傻妹。

可是顯然無論如何賣老，心中藏著的那個「小」時時不請自來。重新把我接納到生活圈裡的家鄉友人們從一開始譏笑我永遠的「少女情懷」，到後來漸漸受到影響，碰在一處，「阿桑」們就回到青少年時代，大家齊齊腦筋退化，比賽說蠢話。

我抱怨台灣八月濕熱讓人不想出門，死黨就說：那你做什麼這個時候回來？

其實要不是老友忽然重病，我還眞沒打算這個時候送上門來回味島國颱風的威力。可是巴巴地來了，探病的卻見不著病人。說起來，這是個愛情故事。

鰥夫友人有位處了八年的固定女友，他一直照顧著她和她的孩子，可是雖贈金屋藏之，卻沒有同居，更沒有辦理結婚手續。據他說，他覺得自己都快六十了，雙方各自有自己的小孩，他希望有個老伴，卻「不想弄得太複雜」。這樣的關係明顯不符四十出頭的女方的期望，她沒有安全感，總懷疑他有其他心思，兩個人就常爲了莫須有的事情起爭執鬧分手。多情老男人念叨多次：「應該離不開的人是她吧。她怎麼那麼傻？我會擔心她以後帶著孩子的生活，她自己反而不擔心，說教我就不要管她，看她活不活得下去！」

吵來吵去，三月時候友人在經濟上做了一些安排，「放」了那位相伴多年的女友。

被「資遣」的女友怎麼想的我不得而知。只看見老友這邊很是落寞傷心。他不擅言辭，也沒有透露心思，可是我猜想分手時他一定十分希望聽到小女人說：我不要錢，我不走，不結婚沒關係，我只要永遠陪著你。

六月底傳來消息，老友忽然昏迷不醒。數週後逐漸脫險，我也安排到了台灣探他。可是卻不得其門而入。正是著急納悶，終於聯絡上了他的女兒揭穿謎底。原來患難見眞情，下堂女友回來照顧他了，可是訂下一條規矩：凡是女性訪客，一律謝絕。

我聽了啼笑皆非。鰥夫朋友鐵漢柔情，曾在髮妻過世之前，拋下兒女和事業，在醫院裡當了半年陪房，受到身心雙重折磨。他一生情路坎坷，卻沒有放棄追尋。他青年時候把自己母親照顧行動不便父親時不耐煩的神色看在眼裡就不以爲然，後來又親身經歷兄弟姐妹對失智老母的冷淡疏離，長年獨力承擔照顧病母的責任。他常感歎「久病無孝子」，覺得別人未必能像他這樣有情有義，卻也不願強求。他自己是個爲人兩肋插刀的俠義個性，很喜歡照顧別人，卻最怕要人照顧；每次說將來絕對不苟活，男子漢，大丈夫，如果哪天他要靠別人，看人家臉色活著，寧可自我了斷。

他的女友一定也知道他的脾氣，可是病後他插著鼻管，躺在床上，俯仰由人，終於輪到她來當家。在他的兒女前面把摒絕女客的規矩一立，她不但是他的女人，她還是他的主人了。

高中死黨說：他都那樣了，她還吃醋，是眞的很愛了！

回到二十五歲腦子的老華僑頓覺世事難明。是嗎？也許「眞的很愛」吧，可是誰要人這樣來愛呢？如果編成小說，我可能會寫得像是逮到機會報仇一樣呢。

死黨發感慨，說她自己不想活太久，尤其活到要人長期看護也就開始試探親人、愛人的愛和耐心，不是拖累所愛，就是發現原來所愛不愛，試探成功與否都悲哀。她們一致同意自己人生的下一個目標是「不麻煩子女」。

小孩，尤其在國外的孩子，不是父母想麻煩就麻煩得到的。雖然目前我同意，也了解，人老要自尊，可是我還得想想，要不要人家愛到老呢？當人失去了選擇權的時候，當主導權易手了以後，別說決定愛情關係用什麼方式來表現，躺在床上的一方，是連拒絕任何一種形式的愛的能力也沒有了的吧？

不知生，焉知死？不知當下，焉知將來？我想到十七、八歲時，也是這幾個人，狂言不想活過三十歲。當年的小同伴，現在快兩個三十了，都早忘了希望自己早夭的傻話。除了剛才恢復意識，在病床上還待學會吞嚥，期待能用嘴喝口水的老友喜憂難測，其他人都有滋有味的過著小日子。我不禁要想，如果註定命長，非活到要人照顧的那一天，而又還有人因為愛，不嫌老醜衰病願意親近，也許終將「色難」，可是人到了那個時候，自尊和愛的標準應該也有所不同了。

（二〇一二・八・十九）

誰拿自己當回事？

復出寫作以來，老華僑毛病多多，照相藏頭縮尾，出書不辦簽書會，婉拒文學「專案」邀稿，不寫應景文章。女友譏笑這樣低調，是「太拿自己當回事」；退隱三十年，台灣文壇手握發表通路的當道，還有幾個知道閣下哪位？

有人願意理都該偷笑，竟還喬張做致，端了起來？

這樣講未盡公允，老華僑自覺正是因爲虛懷若谷，才處處都有禁忌；哪，不輕易拋頭露面是對自己的長相有自知之明；不接受邀稿，在既定的題目下發言，是因爲害怕肚子裡墨水不夠，說不出服人的道理。

豈是「太拿自己當回事」？根本是現在的人過度講究自我行銷，不如老華僑還懂得謙遜是美德吧？

果然吾道不孤，回到家鄉，發現領導人比誰都更深居簡出，簡直到了韜光養晦的地步。雖然回到台灣未必老盯著電視，可是每天一定都看看新聞，卻居然到了「做風颱」（颳颱風）才第一次看見馬英九出現在電視畫面裡。

帥哥看起來老了很多，穿件類似競選的紅色背心，坐鎮防颱中心接線生的位置，呼籲各級單位做好準備，防範颱風帶來豪雨災情。雖說呼籲，口氣卻很家常。他面上略帶愁容，在高清電視上抬頭紋看得清清楚楚。雖然我不是公關專才，在企業界也被強迫上過課，道聽途說過一點皮毛，感覺老馬哥這個悲天憫人的形象最合適道歉、慰問、挨罵、受委屈一類的場合，出來登高一呼彷彿氣勢不足。一聽他講些應該鏗鏘有力的句子，就覺得哪裡不對勁，如果最後再用閩南語加一句拖著長音的「厚悶厚？」（好不好？）那個味道更彆扭得無以名之。這種判斷純屬個人偏見，不能亂用形容詞，姑且算是人家的「個人風格」。

合先敘明，老華僑不是馬迷，可是也不「仇馬」，除非正巧碰上，不追他的新聞。可是返鄉以來，台灣傳媒的新聞焦點全在個名不見經傳小混混的男女關係上。颱風是天災，能不來最好別來，可是傳媒適時分配關注給颱風動向，起碼解救了不想知道小流氓夜店獵豔各種詳情的觀眾。

台灣的媒體對領導人的興趣遠低於毫無營養的八卦新聞，不知道是不是因爲老馬哥實在太低調，不到颳颱風都不公開露臉？我有時幻想他在總統府裡數饅頭，從上任開始就在等任滿；期間最好風調雨順，無災無難，他只要管住自己不貪污就算達標，連身邊的人貪不貪污都不在他能掌控的範圍之內。他的謙謙君子之風實在是已經臻化境，連碰到日本挑釁釣魚台這樣的大事，他都能自相矛盾地對島內傳媒說「寸土不讓」，對日本傳媒保證國共「絕不結盟」，最後還一廂情願地拋出個連他的國防部長都承認「事前一無所悉」的「東海和平倡議」，抹了自己一臉豆花以後石沉大海。想想看，身爲領導人，在領土問題上都不選擇含糊，不屑虛張聲勢做做姿態嚇唬敵人，非得要掛個保證讓來找麻煩的日本人安心，這也實在……再度無以名之！

台灣傳媒受到水果集團的流風所及，月來只對小混混的風月，甚至混混爸的情史有興趣扒糞。日本人既然沒有在釣魚台上拍Ａ片，只去了幾個右翼政客插旗，自然無法贏得台灣傳媒足夠關注。老馬哥針對釣魚台荒腔走板，內外有別的宣誓所激起的漣漪瞬間消散，像老華僑這樣的閱聽觀眾想看看後續發展，被教育一下，都只能望報興歎。

回歸「總統府裡數饅頭」的小人之心，老華僑不免暗忖老馬哥會不會慶幸自己對釣魚台的主張沒有引起社會輿論，是躲過了一劫？政府辦個徵文比賽就算了結這件大事，他也得以繼續期盼所剩任期裡能做其太平領袖。果眞如此，相較小人物瞻前顧後，愛惜令名，才躲起來不敢見人，自詡放眼「歷史定位」的檯面人物也畏畏縮縮，就未免太不把自己當回事了。

（二〇一二・八・二十六）

革命之母

寫雜文有時我自稱「老華僑」，以為任誰都看得出來是開玩笑。這個稱呼有點自嘲，有點自謙，有點慚愧，有點近鄉情怯，想對跟不上故鄉的變化推卸責任（Disclaim），無奈得近乎無賴。意思挺複雜，自己都說不清，唯一確認的是這個稱號裡頭一點沒有的意思就是「身分認同」。

在我還是台灣小姑娘的年代，華僑是很有趣的一種人；他們總是十月份來到台灣，在國慶典禮中披紅掛彩，高坐貴賓台。我的童年印象裡，和達官顯貴同席的最早都是男華僑，多數面帶風霜，膚色黑黃，穿著寬大的西裝，偶爾被拱上台講幾句話，一律表現得言語木訥，南音嚴重。聽當時號稱「最美麗的主持人」介紹起來，個個都是「僑領」，客人樸素的外表卻更接近中國南方的農民形象。他們被請到總統府去握手和合影，有個別的宣布要在台北買塊地，投資蓋個觀光酒店啥的，報紙就稱為「愛國華僑」，讓穿著旗袍，高出不止一個頭的電影女明星和晚會主持人，一左一右挽著照相留念。

那年頭華僑出席的場合一定配備當紅的影歌星做陪客，要不是那些男華僑的婚姻狀態不明朗，簡直都有點官方替愛國華僑牽線做媒的味道。放諸今日，出席酒會的影視紅星非要被數字週刊喊成「飯局妹」，狠狠地虧一頓不可。然而四十年前的台灣和二十年前的大陸很像，華僑帶來外匯，幫忙建設祖國，很受社會敬重。那時候大小不在考慮範圍之內，提起「祖國」絕無分號，國府自認推翻滿清奉中華正朔，華僑的「祖國」，毫無疑義就是「只此一家」的「自由中國」寶島台灣。當時「去古未遠」，辛亥建國、抗戰勝利到了日子都要大肆慶祝，記得有個口號叫「華僑是革命之母」，紀念晚會的時候依例要大力感謝「革命之母」們記得祖國同胞「回家看看」。當時營造的氣氛是只要來台灣的僑胞，無論是在台北炒地皮還是向公家銀行貸款都算「愛國」，連後來跟了他們的影歌星和美麗主持人，也都算「愛國」。

當時「華僑」不在台灣小姑娘的生活圈子裡，遠遠隔岸而觀，風景模糊。等到自己在國外定居多年，依據粗淺的個人經驗，發現「歸國僑領」原來未必就是華僑中的頭面人物，無論從前雙十節回台灣坐貴賓席的，或者後來十月一日去天安門觀禮的，「歸國僑領」和一般僑民最大的不同處在「認不認識領事館裡的人」。二十年前我親見一位從台灣移居美國，三代無涉政治，自己也沒有藍綠立場，而且絕非僑領的尋常百姓鄰居，接受統戰部的招待全家去大陸旅遊兩星期，據說不但全程免費，去的地方比旅行社收費的景點還「牛」，連閒人免進的釣魚台賓館、人民大會堂一類後來「連爺爺」才去得到的重地都在行程上。結果想當然是「偽僑領」闔府盡歡，領事館的駐外人員也湊足上級交代的「愛國華僑」名額。

高中死黨幫忙推廣我的小說《民國素人誌》第一卷，買了一摞讓我簽好名放在車廂裡備用。她說這本書名起得好，《百年好合》，除了婚禮的時候代替紅包挺順手，不到兩百元新台幣就能搞件禮物，忒划算，還不提此舉搭上人情，讓作者老友「足感心」；完全符合台灣俗諺「摸蛤兼洗褲——一兼兩顧」的精神。

她手上的書遠送到了加拿大。一位「華僑」讀者和她分享讀後感，說是爲作者擔心，因爲依據她的經驗，台灣人普遍「討厭僑民」，《素人誌》中角色幾乎都是「僑民」，恐怕家鄉父老要當成爲「背棄台灣」的人立傳，題材「離人心太遠」。

和那位憂心忡忡的加拿大讀者相反，不久前我聽到有讀者盛讚《民國素人誌》取材不同一般，格局恢宏，表現了作者的「國際觀」。

無論取材評價是褒是貶，作者自認《百年好合》破題就明言寫的是民國素人，居然有讀者誤解成是爲僑民立傳，想必是哪裡出了差錯？這套書中人物不限省籍，以台灣史觀來說，就是既有外省人也有本省人，共同處是有過一張民國一年到三十八年中華民國身分證的女性。哪怕是第一卷裡的六位，也只有〈北國有佳人〉中的退休舞女因爲戒嚴時期涉案畏懼而逃離「祖國」。〈鳳求凰〉裡的麵館老闆娘和她的女兒從一九四八年左右遷居台灣以後，可能根本沒有出過台北城，〈珍珠衫〉裡年輕時爲了投親嫁到美國的女人，成長以後回流「中華民國在台灣」，落葉歸根，二嫁成了台北新貴的夫人，〈百年好合〉裡的百歲資本家老太以及〈女兒心〉裡的貴婦和台灣沒有淵源，從一九四九年離開上海後，就成了世界公民，〈昨宵綺帳〉裡的上海小姐終老台灣，還把房產捐做公益。素人們的起點是「中華民國」而非「中華民國在台灣」，身世流離是因爲所處時代動盪。說她們是「難民」或可成立，不知何來僑民和背棄台灣之說？

作者生性滑稽，難得嚴肅。摒擋娛樂，計畫以數年時間創作素人系列小說，雖無名利可圖，卻始終沾沾自喜，以爲在替離鄉背井的上一代發聲，盡一己棉薄之力，以文學爲名，湊上世界華人的一角拼圖。不料所寫的民國素人被窄化成「台僑」，除了台灣蔣氏以降的政治人物「去中國化」已見成效，想必是作者筆力未逮，引起誤會，需要檢討。

不過讀小說這檔子事，本來就是青菜蘿蔔各有所愛。讀後感的智慧財產屬於讀者，書既然出版，作者只能放手，任由看官心領神會，無從置喙。幾年前台灣有位教育部長別出心裁，不用地球南北爲軸的「成見」，把台灣地圖橫過來作解，這樣看出去的世界想是大不同；就像奔躍草原的豹子被鏡頭捕捉剪影，到了玩創意的人手裡幻化成印染到ＭＩＴ小擺件上去的美麗豹紋那樣吧。

（二〇一二・九・三）

豈伊異人

重遊上海，這才多久沒去，又多了不少新的地標；連說是做爲宋美齡當年嫁妝，老蔣夫婦卻沒住幾天的小洋樓，都從巷弄裡移到了馬路旁邊，成了等待開放的「準古蹟」；酒店三十樓的窗口看出去，原先偌大的一片石庫門房子鏟平了，全是以後的地鐵站，我都忘了以前天天買咖啡，散步經過的社區原先是個什麼樣？看著這個越來越陌生的城市，我不確定是不是眞的沒多久前，自己還有張本地的工作證？

第二天下樓去吃包含在房費裡的「免費」早餐。酒店電梯的門開了，我在步入之前，習慣性地對已經先一步在裡面的男士點頭微笑道早安。男人面無表情地移開了眼睛，臉上一片冷漠之色。到達地面層時，他一個閃身，搶在我這個女士前面出了電梯。我悄聲跟身旁的先生說：嗯，我確定我們在上海了。

還不上十年前吧，我和祖籍上海的華裔女友同游滬上。晨起健行，穿了短褲、T恤、球鞋。走得太遠，沒有體力散步回去，就叫了計程車代步。難得碰上一位有好奇心又愛說話的駕駛，聽女友說一口老上海話，就問我們是不是運動員？聽說不是，就用有先見之明的腔調說：「我看你們也過了運動員的年紀，不過穿成這樣，那一定是教練！」

不像現在的「阿姨」（台灣叫「阿桑」）都敢在電視達人秀裡穿比基尼罩薄紗跳肚皮舞，那個時候本地人衣著保守，外地人依穿著就能輕易辨識。當時像我和朋友這樣穿運動短褲的「非小姑娘」，都被認定是教練。可是後來這個區分法就「不靈了」。什麼「兩代穿衣，三代吃飯」的說法在上海根本不適用，「代」改成年都不爲過。現在的上海，吃穿用度都很講究。走在南京西路、淮海路，用犧牲城市特色換來的是一排排世界名牌旗艦店，裝修得一間比一間富麗堂皇，比香港中環還像香港中環。進去踅踅，商品標的都是天價。老先生納悶道：比國外貴這麼多，誰來買呢？連看的人都沒幾個，這裡房租多貴！這些品牌這樣開店怎麼賺錢？

寫小說的老妻，對問題永遠有自己發想，毫無根據的答案，就貌似權威地說：這哪是賣給本地人或遊客的呢？這是品牌的市場行銷。他們花了大錢在這裡租的是個展示廳，具有深刻的教育意義，培養開發的是未來的顧客基礎。你想中國有多少遊客，到巴黎、米蘭一看，買兩個這玩藝兒機票錢就省回來了，本來不想買的，爲了「賺錢」也得買它幾個。

而且P牌來了，F牌不在隔壁開一家，是想放棄中國市場嗎？中國市場最厲害的地方就是讓人有想像空間，哪怕誰都知道上海不能代表中國。可是你以為在恆隆廣場外面放幾張西北山區的大照片就能讓在這消費的人把買包的錢拿去捐給希望小學？告訴你，上海人都出國去倫敦、巴黎買便宜包了，會在這兒消費的可能還是山裡來的。掏出來的錢原來是不是該拿去蓋學校的那就不知道了。

二十幾年前，台灣的經濟起飛，「錢淹腳目」，觀光客也是滿地球跑，購物也是鄉親最熱中的觀光活動。我們老先生和老太太那個時候是旅美小夫妻，就了在維也納出公差的便，多留幾天在瑞士住民宿當背包客。走到名勝內急，溜進湖畔的星級旅館上廁所，碰到同鄉熙熙攘攘下遊覽巴士。

「啊你昨『囉雷』買幾只？」阿桑問阿桑，聲如洪鐘，隔了百幾公尺都聽得清清楚楚。

「只買了三只。今天我想回去再買兩只！」阿桑把手一伸，遠遠看見金光一閃。

「囉雷」是瑞士高價手錶勞力士（Rolex）的閩南語發音。聽說西元九〇年代鑲鑽的滿天星是台灣黑道大哥的基本配備，就不懂為什麼小老百姓也都趨之若鶩，買起來像買白菜一樣，一出手就來它個三、五顆？

家鄉父老豪邁的口氣當年聽得寒酸小夫妻豔羨不已；那一幕深印腦海，連阿桑興奮的聲音都言猶在耳。確實，同鄉當年財大氣粗的形象不輸今天的陸客，尤其在公共場合喧譁的程度，很難說服外人相信「台灣人不是中國人」的說法。較諸今日台灣家鄉人的「夠禮數」，倒是提供了一個明日走在上海的希望，讓我繼續勇敢地對陌生人笑臉相迎。

「豈伊異人，兄弟匪他」，兩岸都是餓過的，應該都懂吃飽了才有心情講禮貌。是我笑的時辰不對，下次在吃完早飯以後再試試！

（二〇一二・九・十五）

家在海的那一邊

十幾年前一位華裔女同事的先生參與高科技創業，辛苦沒白費，公司順利上市。一過股東賣股限期他們就出脫了手上的全部股票，在眾人歎息聲中急流勇退，鈔票落袋為安。後來證明果然有先見之明，躲過了兩千年初的網路泡沫，保住財富。有好事的替這對幸運的夫妻算了算帳，說是賣掉股份後他們坐擁至少八千萬美金。

發了財的頂客（DINK）夫妻自然雙雙辭職，提早享受退休生活；在城裡和海邊陸續買下豪宅，每週分配著時間兩邊住住。住在城裡就參加一下慈善募款餐會當嘉賓，住在海邊就走走看看太平洋日出日落，悶了就搭乘頭等艙班機到世界各地名勝散散心，出遊時入住的都是頂級觀光酒店，過著快樂似神仙的日子，令旁人羨煞！

如是兩年後一群同事和那位太太吃飯敘舊，席間紛紛表達了對他們新貴生活的羨慕之情。發財的華裔老同事心直口快，若有憾焉地向大家掏心掏肺：沒什麼啦！頭等艙也就是搭飛機從這裡到那裡，五星級酒店入住晚上睡的還不是一張床？世界跑遍了，還是家裡好，唯一的麻煩是家有兩個，房子必須輪流住來住去，有時候眞是疲於奔命。

話說得直白，祖籍英倫的洋同事講究說話的時候要拐個彎，炫富的時候要故作低調，想是聽得不爽，就用不大恭敬的口氣請問其詳？

台灣來的華裔新富對倫敦腔調提問中帶上的一抹酸味並無所覺，繼續認眞訴苦：唉，你們不知道擁有兩個大房子的苦處！週末到海邊去住的時候，要算好週五一早垃圾車來收垃圾，所以週四晚上要趕到，好把垃圾桶拿出去。然後週一又要趕回來住城裡的房子，因爲城裡的垃圾是每週二來收的。

「開玩笑，你沒管家？（No kidding! You don't have staff?）」英籍洋同事酸溜溜地揶揄道：「有錢一定要請管家！如果有海邊度假別墅卻要記掛著哪天去倒垃圾，那跟小老百姓有啥區別？我猜也就美國會有煩惱哪天要倒垃圾的百萬富豪了。」

轉眼到了當下，昔日聚餐的一群同事都年過半百，雖然不像那位一早發了財可是晉身富豪後和大家逐漸疏遠了的老同事般幸運，在美國高科技業當個專業人員，日子也都過得去；好幾個爲了退休做準備，投資了「二房」（Second Home）。

說是資本主義，美國自有一套劫老濟少的財富重新分配制度，以銀行限貸條款和年年高升的房產稅，把沒有固定收入的退休老人逼出大房子或者地產精華區，好騰出地來給產值較大的年輕勞動力，所以我認識的這些中產階級雖屬高端中產（Upper Middle），卻畢竟是靠薪水過活的，紛紛未雨綢繆，或在城或在鄉買了第二房，預備將來不上班了，把獨立大房或者好區房賣掉套現，搬到較小的公寓房或者鄉下去養老。

從前坐下來就一起抱怨老闆多可惡、青春期孩子多令人頭痛的一群人，現在坐在一起談兒女的婚禮如何籌畫和打理各地的「家」有多煩人。我聽著老同事在加州的陽光下，抱怨他遠在緬因州海濱的度假屋漏水，害他得請假坐飛機過去處理，忍不住替同胞報當年之仇酸他道：「開玩笑，你沒管家？那誰替你在海邊的家倒垃圾呢？」

大家都想到了多年前那天的玩笑話。幽默感十足的老同事先點頭表示同意：「是呀，我就說怎麼在這裡住久了也成了有兩間房子卻捨不得請管家的美國富豪呢？」接著立馬反擊：「那你呢？你不是有一間房在海的那一邊嗎？你也是台灣來的，一定沒請管家！」

「台北的公寓很小，沒人住就只有一點灰塵，是英國富豪也不用請管家。」我耍嘴皮子逗得大夥都笑了，「何況華人非富豪採取高科技管理，設定掃地機器人按時出動，連灰塵都搞定。」

就在眾人開始探討新一代掃地機器人功能，以及當年大家有份參與研發過的以電腦遙控遠端家電管理何時得以量化運作時，我的思緒飄到了台灣家中陽台上的自動灑水系統是不是該換個新電池？臨走時洗的床單是不是忘在了烘乾機裡沒拿出來？冷凍庫裡的食物應該早一天先送人，天氣那麼潮，下次連櫥櫃裡的乾貨都應該收進冰箱才對……

即使不是富豪，華人離開了家鄉，像我的父母一樣，無論身在何方，心都會牽掛在海那一邊的家嗎？

（二〇一二・十・二十一）

身在情長在？

美國情報頭子鬧緋聞辭職下台，小老百姓看熱鬧之餘各有應景活動，女友被勾起看〇〇七電影的興致，人擠人趕看首映，台灣政論節目拿來當要聞題目分析，大學教授煞有介事點評，說是美國社會相對台灣性開放，百姓誰睬高官的男女之事，想當然耳是ＣＩＡ和ＦＢＩ兩大情報單位內鬥。大眾傳媒「狐狸台」和主流不再涇渭分明，觀眾也樂得不再假正經，廣告客戶「謝謝收看」，賓主滿意，皆大歡喜。

「陰陽生太極，太極生兩儀，兩儀生四象，四象生八卦」，小報捕風捉影，既涉「陰陽」必報「八卦」，向來娛樂性頗高；只是從前「偷窺」躲在門後，「八卦」限於茶樓，難登大雅之堂。幾十年前我剛到美國的時候也喜歡看《太陽報》，有時去菜場買菜的時候捎上一份，放在廁所裡；當時最「應」（In）的題材是採訪被外星人俘虜過的地球人。美國近年經濟下滑，被酸是世界上最窮強國，惡名昭彰的CIA老闆出包，全球扒糞，媒體不分人狐，以看好戲的心情報導，隨便翻翻就看到中外幾家媒體都譏諷美國間諜天字第一號○○一，獵豔本領不及好萊塢出品的英國○○七十分之一。

作家（坐家）看著網上和電視上的那份熱鬧，感覺有趣的卻是近年社會緋聞男女主角的年齡節節高升；此次桃色糾紛裡的仁兄固然是「六旬老翁」，仁姐也是「不惑徐娘」，可是感情炙熱不輸小年輕。我這兩年創作的人物都比自己的年紀還大，很多遭逢戰亂，生活上流離飄零，愛情卻多彩多姿。今人之「老而不休」，大大拓展了寫小說時「選角」的各種可能性，讓編得快要心虛的作者受到鼓舞。

一位正在鬧感情糾紛的單身朋友也感歎自己耳順將至，愛情這一門還卻仍有功課要交。寫小說的忙道萬幸，如果人人參破情關，作者豈不玩完？從前的愛情故事主人翁只能是花樣年華，不比現在的嬰兒潮世代集體發「少年狂」，羅密歐和茱麗葉都活成了大叔和大娘，媒人網還特闢銀髮專區，提供婚姻和緣分重新組合的網路平台。

當然現代也有平淡的男女關係。我在職場裡遇見過不少印度同事，男光棍都在工作一兩年後放長假返鄉。再回來上班的時候就發喜糖，不久新婚妻子就來依親。女同事則個個都是「過埠新娘」出身。三十年間我看見過的沒有一個例外，在我的樣本池裡這種婚姻模式的複製率高達百分百。我好奇地問過，隔著千山萬水，這門親事究竟如何相來？

「背景調查最重要，」和我關係不錯的同事嚴肅解釋此事非同小可，「男女雙方見面之前，兩方家庭都會做詳細調查，談妥條件，然後我們交換照片、通信、通電話，雖然最後才見面，卻絕不是你說的『盲婚』。」

啥？沒見過就論婚嫁還不算「盲」？那老大姐敢問印度式聯姻都調查些什麼呢？

皮膚黝黑的年輕同事開明地說：「我跟別人不同，嫁妝那些對我都不重要。有些人特別看重膚色，白要白到啥程度（Which Degree）都有要求，可是那個對我也不重要。我看重的是文憑和專業，不然來了還要供她念書什麼的很浪費時間。」後來他把下飛機不久的太太介紹進了本公司，小兩口如膠似漆，同進同出，天天開一輛車上下班。我和新婚夫婦一起吃過飯，他攔下老婆伸出的五爪金龍，遞給她一支叉子，耐心地教她使用。轉眼十幾年，先同居再結婚的美國同事都離了兩次了，婚前沒有見過面的印度小夫妻養兒育女，眼看可以天長地久，果然沒有浪費時間。

一位大小也算企業主的朋友曾經歸納婚姻心得，他說男女結婚等於找 Partner 合開一間公司，有的順利發展，有的不善經營，可是無論如何，既然開張就要避免倒閉，免得兩造蒙受損失；尋找合夥人至關重要，可是哪怕找錯了夥伴，不想認賠殺出，弄得血本無歸，就要想方設法維持下去。如果此言不差，無怪印度裔在矽谷開公司成功的不少，想是擇偶時候有過練習；無關愛情，就是一本算盤珠子打得叮噹響的生意經。

據說婚姻制度是人類平均壽命三十歲時候的產物，現在的人長壽，連帶婚姻制度也跟著熬過漫長歲月飽受考驗。少年夫妻，能夠一起牽手到老的未必是結婚請帖上答應觀眾會「執子之手，與子偕老」的那兩個。名利場中，費洛蒙應該降低的六十歲大叔居然不惜丟掉烏紗帽也要追求婚外激情。愛情的公式已經產生變化，梁祝、羅茱的悲劇到了今天，恐怕難被傳頌還要被社會責備：「傻孩子！」

我想起一句少年時候深入人心的保險公司儲蓄險廣告：「活得越久，領得越多」。摩登情場「身在情長在」，戀愛談不完，看來愛情故事也可以一直寫下去。

（二〇一二・十一・十四）

悵望江頭江水聲

一位親友團成員批評作者故弄玄虛，雜文題目借了李商隱名句「深知身在情長在」，不但扭曲原意，內容還插科打諢爲「老不休」談戀愛敲邊鼓。我寫小品文章純粹自娛，明明皇帝都不急，偏偏有人愛操心。

她更加在意的還有「收視率」，笑罵作者老用「古人云」充題目，跟讀者玩腦筋急轉彎，她要不是我朋友，看到題目就懶得卒讀。她舉出我的雜文題目最成功例子是「阿扁的阿姑」，大白話清清楚楚，又有趣又沾光，無怪冷門部落格得到高點擊率。

不能掠人之美，「阿扁的阿姑」也是「老人言」，我偶像潘媽媽說的。（她老人家還喜歡加上一句：「不是嗎？」）

「身在情長在」寓意「活得越久，愛的越多」不夠好，難不成要擬個類似「〇〇七豔史打敗○○一」才夠聳動？實在沒有主意，我虛心請求賜題。

朋友嬌嗔自己就這麼一說，她又不是「作家」，哪裡擬得出什麼題目！不過她做老闆的人最會布置任務，立刻轉移話題，說與其胡扯緋聞丟官的外國老頭，不如把我對女友們闡述過的「訓練老狗」理論寫出來，也算對還在情海浮沉的「老姐妹」讀者們耐心看完長篇大論的回報。

嗟！閨友之間的笑談怎麼可以隨便公諸於世？很多「私語」，同仁之間講講有趣，卻上不得台盤，勉強寫引不起看官的共鳴事小，誤導「群眾」事大。尤其作者往往是思想上的巨人，行動上的侏儒；筆下哪怕荒誕不經，認識的人看了一笑置之，曉得又在幻想，陌生人怎麼想，作者管不到原本不在乎；就怕哪天狹路相逢，陌生人來交朋友，那眞能「喝老子一挑」。

我和幾個死黨都相交超過四十年，有時候聽我講點什麼事還能覺得新鮮，也不過就是寫小說的喜歡把事情從不同的角度來解讀。兒子大威哥以前和女友鬧矛盾，還在念大學的兩個小情人憧憬共同未來，愛動物的女友高妹說將來要在家裡養匹馬，大威哥認爲馬這種高貴動物太難伺候，不如養隻長得像馬的大狗，高妹感覺男友未愛其所愛是誠意不足，起了爭執。兒子向我請教相處之道，我據實以告：「你媽我不算成功，這種架我不會吵。思想無罪，我會等那匹馬出現在我家後院了才反對，可是等馬都到家門口了，我通常也就輸了，不足爲法。」兒子卻認爲言之有理，沒有共識，不妨擱置爭議，反正這架吵下去沒意思。結果那匹闖禍的馬果眞沒有出現在他家後院，根本兩人早在有共同的後院之前就散會了。

豈止男女之情，人活一世處處可能留遺憾。重要的是翻不翻得過去那一頁？命再好，想一想平生傷心事也哭得出來。可是挫折和失意都會在人生的長河裡化做逝水，榮辱成敗逐波而去，連浪花也不會留下。緋聞案現在沸沸揚揚，當事人可能失望、難堪、屈辱，圍觀的可能興奮、訝異、訕笑，種種高低起伏都是一時，借用「身在情長在？」爲題自然要加問號，只有下一句「悵望江頭江水聲」才是激情退去，繁華落盡，春秋恨皆消，寂寥終將至的警句。

後記：

遊戲文章不可認真，〈啞謎道場〉不該破題，可是既聞異議，作者不敢專斷。李商隱〈暮秋獨遊曲江〉原詩抄錄如下，讓讀者公評今人能不能別出心裁，自做解人？

荷葉生時春恨生，荷葉枯時秋恨成；
深知身在情長在，悵望江頭江水聲。

（二〇一二・十一・十五）

過猶不及

死黨一大早打電話來報，說在台灣電視節目裡看見一位少年時候的朋友：「雖然滿頭白髮又發了胖，以年紀看起來還不算太糟糕耶。只是天啦，怎麼台灣國語那麼嚴重？我記得他以前講話沒有那個腔呀？」

我請她聽聽電視上馬英九的腔調，做個今昔之比：「過去二十多年來台灣流行本土，自認看起來不夠『根正苗紅』的檯面人物往往故意扭曲口音媚俗。我一介草民也親身經驗過沒把『是』說成『四』遭到白眼。上行下效，社會風氣已然成形，連我姪女兒和自己家裡人說話，都用『吼，啊那個——』當開場，而且不是開玩笑。」

其實例子隨便舉舉到處都是，偏偏提起老馬哥的名號，可不是自找麻煩專提不開的那壺？我自己「白目」，不能怪人牢騷發開了頭攔不住。

雖然罵馬英九成了「顯學」，所幸多元社會也還是容得下「異議」。家鄉一位好友，大學畢業後考上公務員，幹了一輩子，最近從主管職位退休，就甘冒大不韙地笑說她對老馬哥的無限同情：「我老想到自己，像我這種主管，自己不收禮拿錢，跟著的人一點好處都沒有；別說紅包，連麵包也不能帶一個回家。下屬能幹，願意多負些責任，多做點事，我這種自己戮力從公的老闆總覺得是應該的，絕不會想到去嘉獎。下屬多承攬責任出了包，我這種怕事的老闆第一時間做的不是分擔安慰，而是趕快切割，怕火燒到自己身上。最惡劣的是事情鬧大了，如果別人認爲是我的親信，我就趕忙撇清，甚至公開講點官話，說絕不會因爲某人曾經有過汗馬功勞就徇私寬大，暗示主管單位從嚴處分；反而跟我有過過節的，因爲怕輿論說我挾怨報復，就放棄講究公平，特別請求法外開恩，表示自己有以德報怨的心胸。這種老闆，誰跟誰倒楣，越來越沒有人願意替我做事情。在辦公室孤家寡人，在外面孤軍奮戰。明明是沒有團隊支援，後繼無人，就算制定了百年大計，將來也不可能延續執行，我還要自我安慰招人忌恨是因爲不任用私人，培植黨羽，我是大公無私，將來總會有人記得。我唯一的好處大概是有自知之明，所以一到年齡，就趕快辦理退休，回家養老，免得貽害人間。」

我知道她是一個勤奮的主管，在任上的時候，雞鳴即起（她老公抱怨床頭鬧鐘設定早上四點，可能雞都還沒叫呢），天黑了還不回家；當「事頭婆」的那幾年，完全放棄娛樂，天天惦記的就是爲公家興利除弊。也許單位不大，功勳不彰，家人埋怨，員工也不感念，可是也不至於把自己走人說得像是周處除三害吧？

而且別的不說，光衝著能任勞任怨，卻還有自知之明這一點，就比一味自我感覺良好，天天幻想離職的時候有人脫靴，將來能青史留名的主管高明到西班牙去了。

另一位「台商」好友則聲稱她是經過思考，在「壞」與「笨」之間權衡多時後才做出決定，所以從不後悔去年投的一票，反正民主制度，最多再忍他幾年；而且政黨可以輪替，帳不妨算到推薦了錯誤候選人的那個黨的頭上去便罷。

我本來也以爲沽名釣譽強過恬不知恥，顧及臉面的人愛惜令名，不敢隨便犯錯；既然在乎歷史定位，做事自然兢兢業業。偏沒有想到人的優點也能是缺點，兢兢業業也可以是束手縛腳，啥都「不」的葉名琛也「名垂千古」；凡事過猶不及啊。

世交長輩某媽媽教子有方，兒女個個博士，都是學有專長的社會成功人士，可是某媽媽從不相信自己養大的小孩能聰明過她，一生偏聽「外人」意見，我就幾次被她的小孩拜託跟他們的媽媽代爲轉達，因爲同樣的話他們去講，老媽媽不但聽不進去，還會生氣。華文輿論也向來重視「外媒」意見，類似外人對某媽媽進言的分量。

這兩天華文傳媒紛紛引述某英國週刊標題，「Ma the Bumbler」，被譯成「馬英九笨蛋」。台灣政壇把題目炒到國會和評論節目裡去自打嘴巴，老馬哥要他的發言人出面回應

「持續檢討，積極改進」，展現了聞過則改的風度，和前一陣子對自己同志建言的聞過則怒，反應不同。其實估狗一下，會發現拿耍嘴皮子當一回事的人都在本島，難道傳媒不曉得「The Bumbler」和「笨蛋」之間拙的程度有別？前者更接近專捅婁子不夠機靈，離俗稱的笨蛋應該還有幾步。況且笨蛋不笨蛋是茶壺裡的風暴，誇大標題和檢討過頭都有過猶不及的嫌疑。

可是萬一老馬哥像某媽媽一樣，就是聽不進自家人忠告，那麼來個「阿里不搭」的說三道四不見得是壞事；如果謾罵能促成進步，過猶不及也許就成了四音不正的過「優」不及。

（二〇一二・十一・十八）

與虎同舟

看完大熱門的3D電影出來，老先生抱怨道：「像《阿凡達》那種電影該看3D，文藝片拍3D眞浪費。害我戴個眼鏡看得頭昏腦脹，拿下來看又模糊一片。故事太簡單了，除了老虎撲出來，鯨魚跳起來，一點高潮都沒有。你覺得好看嗎？」

我跟他說這個電影的妙處的確不在3D，看的時候可以像看小說一樣，事不關己的情節當八卦，圖個新鮮，感動處把自己的人生經驗或者感情投射進去，如果觀眾能「將心比心」，就會覺得有意思了。比如一個女觀眾看的時候可能聯想，那個倒楣的少年就像自己，那個不懂事的老虎就像自己的愛人，命運把兩個人放在一條船上，偏偏老虎只懂食物鏈上的簡單關係，一腦門子想的就是弱肉強食，不曉得人家少年吃素，對老虎的皮肉一點算計之心也沒有，別說老虎肉，唐僧肉也沒有興趣。老虎怕人，張牙舞爪，人卻怕孤單勝過猛獸，少年罔顧家長教訓，不計老虎食人之意，寧可以身犯險來換孤舟伴侶，只爲在無邊的苦海中不至於獨航至彼岸。

老先生笑著反駁：「喂，我看大導演拍的時候想的是他太太吧！不是都說『母老虎』嗎？你告訴我誰說『公老虎』！」

夫妻閒聊，有時候形勢凶險直逼救生筏中面對老虎；任何「形而上」的議題，都有可能「初始化」成夫妻吵架。Come on！老虎是有名字的耶，人家叫男性名字「查理」，不叫女性名字「瑪麗」。不過那不重要，再說「查理」也不是虎大王的本名，像少年本來不叫「派」一樣，老虎本名叫「飢渴」（Thirsty）。人生充滿陰差陽錯，哪怕是叫「美麗」的獅子跟少年「噓噓」在船上，一樣也是歷險。

「大海未必是人生，小船也不必是婚姻或者男女關係。電影裡幾個因素，當成代數符號XYZ，要複雜一點就加入M和N，算上壞蛋土狼、衰蛋斑馬，然後隨便怎麼代入自己的生活課題就可以拉近觀賞距離。」繼續在動物性別上糾纏無益，巧妙轉個彎，夫妻吵架可以上升到人生哲學的層次，「時間軸任意拉長或縮短，大海可以是一生，一段經驗，或者一個事件。你看，把大海看成是我過去的事業，我前老闆長得多像那隻老虎！如果早幾年來看這個電影，我可能覺得大威哥是那個不知好歹，專找麻煩，聽不懂人話的大貓。」

說到小時候沒少闖禍的兒子，老先生果然能夠將心比心「感同身受」，大笑道：「嘿，經你這麼一說，我忽然也覺得這個電影不錯看了！」然而身為「台灣男子漢」，豈能如此輕易被「家後」說服？只聽老先生用堅定的語氣做結論道：「不過我還是覺得人家導演拍的一定是一隻『母老虎』！」

如果文章能有畫面，這時就該出現一隻瘦骨嶙峋的老虎，頭也不回的把那個深情呼喚「查理派克」，卻不懂感激食物鏈上大王佛心，寧可自己挨餓忍飢也嘴下留情，一條船上漂流多日咬都沒咬一口，他還怨虎無情的狼狽少年獨自留在沙灘上，悻悻然離開。

OS是大老虎的心聲：「小子，你就叫去吧！本大王懶得理你了。」

（二○一二・十二・十八）

摩登投名狀

洛杉磯是個大城；離開台灣的頭幾年我在那兒讀書，畢業以後應聘到鄰近的城市參加工作。「少年郎」不在乎來回三小時車程，舊友頻繁往返，保留著學生時代的社交和生活圈。兩年後工作調動到華人稀少的鄰州，還買航空公司優惠套票不時跑回去吃喝採買，不忍驟離。又越一年，家搬到了單趟飛機要乘六小時的美國東南一隅，才不得不疏遠了「第二故鄉」。可是畢竟是離開出生地以後第一個落腳的城市，哪怕此後多少年沒有長住過，看到跟洛城有關的地方新聞還是特別留心。

先是有華人月子中心上了洛杉磯的中英文報紙。記者描寫得有趣，讀著新聞眼前浮現十來位孕婦排排走，挺著大肚子在住宅區「遛彎兒」（散步）引起路人行注目禮的畫面。幾天後事件越演越烈，當事小鎮居民嫌外國月子中心礙眼，上街舉牌抗議，聲言要把排放大量污水，增加交通流量的「黑店」趕出社區。

我曾在德資公司任職多年，德國外派美國的男女同事，但凡家中有人懷孕，就急著打道回國，深怕生出一個小美國人給自己找麻煩；而且一面忙著打包，一面還抽空奚落美國的生產和兒童福利落後，不是一個養小孩的地方。然而台港澳、東南亞、南美、中東，甚至非洲各國，以我在美國超過半甲子的「資歷」，不時聽說（也曾親見）孕婦專程到美國生產。雖然遲到二十一世紀才鬧上報，其實這事行之有年，也不是同胞專利，哪裡能成「新聞」？充其量只能說有辦法把零星個案搞成企業化「月子中心」以至動見觀瞻的，是我炎黃子孫賴不掉了。

想想家門口有孕婦浩浩蕩蕩列隊散步，社區裡有交通車載進載出產檢，網頁上還大登廣告（廣告詞中居然還強調：小孩在美國上到高中免學費，合資格的可以代爲申請加州生產補助，生下的小孩有美國護照，長大了如果在美國犯罪也不會被遣返云云），眞的很難不引人側目。業者埋怨社區白人和拉丁裔找碴，有嫌疑鼓動「排華風」，我卻覺得更可能是生意人鈔票蒙眼，忽視了相關法規，入境未問俗，行事太高調，招來了「樹大風」。

三十年前中國剛剛開放，對外仍很神祕，也還待富起來，加拿大一記者實地造訪人口大國後寫了篇大驚小怪「洋人獻曝」的文章。如果沒記錯，文中以數學公式計算，如果中國十三億人（那時候還少一點），每人每天吃一顆雞蛋，那全世界的雞就來不及下蛋給人吃，所以等中國有錢到每人每天都吃雞蛋，雞種就要面臨滅絕。這樣聳動的論述雖然只值一哂，可是也能看出，任何小事乘以中國龐大的人口都不容小覷，起碼讓習慣地廣人稀的「北美人」想起會緊張。一、兩個外國孕婦投靠在美國的親戚朋友生他三、五個小孩，鄰居看見了多半會笑著說「好可愛噢！」可是本國蔚為風潮，業者打廣告招徠產婦扎堆領著出境，在小鎮上招搖過市，引起的就是居民反感了。

不過事件裡最讓我瞠目結舌的華人同胞，不是別出心裁設立月子中心斂財的商人，或者那些不好好在家裡養胎，卻成群結隊跑到美國待產，賭上母親和新生兒性命的孕婦大軍，而是一位「X 先生」。

美國沒有法律禁止孕婦入境，藏身洛杉磯郊區大屋裡的地下月子中心除了違反房屋改建申請，和住宅區不得從事商務活動的條例之外，公家無法可管。小鎮居民被逼得走上街頭抗議，華文報紙訪問抗議人群中的一位華裔男士（報上有姓無名，這裡代號 X）。X 先生對記者表示要上書駱家輝修改簽證政策，（賭 Gary Locke 絕沒想到有人會認為駐華大使官威那麼大！）嚴禁孕婦入境美國。報導中說：「X 先生提出建議，應在北京上海廣州三地出關口設立尿檢中心。抵達美國時，外籍女性只有出示登機前尿檢陰性報告，才能合法入境美國。」

身爲華人女性，個人沒坐過月子，也不相信這回事，一直認爲那是衛生條件和居住環境對產後婦女不友善的歷史遺留風俗。對月子中心開到外國卻不申請商業執照，還跑到住宅區去擾民也看不上眼，更欣見華裔積極走入社區參與在地公共事務，可是驟見充滿性別和種族雙重歧視的「華人婦女先驗尿後入境」建議，卻嚇得差點坐不住椅子。這樣激進，莫非X先生是黃皮膚的三K黨員或者「神學士」分子？

本來看見出現這號人物的第一反應是氣憤，可是再想又感悲憫；開辦月子中心的同胞，爲了一己生財，破壞社區衛生和安寧，罔顧鄰居觀感，引發抗議。可是如果「X先生」不是華裔，又豈敢在高喊平等和人權的國度大聲說出充滿歧視的建議？

這種表態跟投靠梁山泊先立「投名狀」同理，都是因爲血統不夠純正，不是聚義堂上「自己人」，只好心狠手辣「力求表現」，不管青紅皀白，殺他幾個倒楣鬼，主動斷了自己做良民的後路，才能證明忠誠。只可憐了項上人頭被他取來當「投名狀」的冤魂死得不明不白。

「非我族類」入夥需繳「投名狀」的觀念從水滸以降，已經隨著華人的遷徙，到處開花，以人頭之外的形式在海內外傳承。像台灣政治人物除非三代以前從大陸遷台，否則公開發言往往扭曲口音，即使能說正音也故意不講標準國語；培植接班人、決定競選搭檔都敢不用人唯才，公然考慮人家父親的出身和籍貫；更甚的是遇到和原鄉有關的議題，畏首畏尾，怕紅帽子就昧著良心擱置國族利益。這樣自甘被「霸凌」，妄想犧牲大我能換來小我被某些群體認可，和洛城「X先生」針對同胞婦女撂狠話一樣是現代版「投名狀」，你我的「人頭」都有可能成為其人投石問路的祭品。

漢語裡「漢奸」一詞其來有自，台灣也從李登輝時代起有了「台奸」一說，但願「X先生」是少數中的少數，世上永遠不會出現「華奸」這個難聽的名詞。

（二〇一二・十二・二十一）

民國苦吟

朋友問怎麼最近都沒看到發表雜文？原因自然是作者「回歸本業」，忙著寫小說去了。《民國素人誌》繁體字版第二卷《紅柳娃》二〇一三年一月十八日面世，雖然都是短篇故事，首尾並不銜接，並沒有全書未完之慮。可是既然決定寫「系列」，第三卷自然要加緊腳步，再接再厲，鞭策自己不可偷懶懈怠。

可是創作不是蔥油餅，拿個麵糰揉揉，遵循一定程序，依樣畫葫蘆就做得出成品。大家都熟的唐詩〈苦吟〉金句「拈斷數莖鬚」的下兩句不那麼廣爲人知，其實更加苦情兼苦力：「險覓天應悶，狂搜海亦枯。」可憐的作者，上天下海就爲了找一個對的字。

我努力了大半輩子，好不容易到了可以「享福」的年紀，卻主動放棄各種娛樂活動和賺錢花錢的機會，枯坐斗室，爲三十八個分別在民國一年到三十八年出生的「古人」愁白了頭。《民國素人誌》不但是母姊輩幾十個女人的一生，她們之間還錯綜複雜地有些牽扯，書中人物的年齡、個性、出身、際遇不能雷同，和她們的時代又要絲絲入扣，寫錯就要出糗，Project 既難且大，早已偏離了我寫小說純自娛的初衷，眞是自找罪受。

好友瑞琦忍不住笑問：「我就納悶，你怎麼會做這種自找麻煩的事呢？實在太不像你了！」

她這一題我還眞答不上來，肉麻一點只能說：這就是「愛」吧？

最近一次到上海，有幸結識仰慕已久的對岸文壇一姐王安憶，還蒙她引薦給新經典出版公司商談出版簡體字《民國素人誌》。和王安憶份屬好友的選書編輯比我大幾歲，見多識廣，以老大姐身分幾次勉勵：「你好好寫，我們都認爲你能成氣候，不過身體最重要。會寫還要有健康的身體才能長久！」可見寫作非同兒戲，是勞心傷身，需要體力來拚搏的事業。復出以來，我嘴裡說得輕鬆，其實這份「自娛」之心，大概和眞愛一樣，都是靠想像出來的美好在支持。

我青年時期寫小說連續得獎，作品廣受好評，不但讀者關注，連素昧平生的大作家和知名學者也都不吝賞識，折節下交，乳臭未乾的小鬼自然飄飄然，對寫作傾心。那時的作者和寫小說是「兩情相悅」；知道自己費了心思，花了時間去寫，小說不會「負我」，深信只要相愛，當然此情綿綿。

當年我父母卻覺得寫小說不能託付終身，我自己又沒有足夠的人生經驗，年輕幼稚得分辨不出初戀是否眞愛？結果就像韓劇翻譯的拗口對白：「沒有以結婚爲前提交往」，後來就果然「新娘不是我」。幾十年來，跌跌撞撞地走了一條充滿了驚奇，雖然不算失敗，卻始終悵然若失的旅程。初老回頭，帶著返璞歸眞的赤子之心，一心就想尋回當初輕易到手，卻未懂珍惜的最愛。

可是情人一度失散，半甲子後重逢，要一下就尋回當年的熱情談何容易！昔日愛人眼中看見的究竟是風霜帶來的皺紋和白髮，還是時光浸潤出的智慧和風度？我不知道作者和小說之間再續前緣究竟是一方單戀還是會相愛如前？總之誠惶誠恐，小心應對，雖然百死不悔地將心託與明月，畢竟秦月漢關，時空改變，如果月亮非往溝裡照，那也莫可奈何。

三十幾年前得小說獎是件大事，現在文學獎滿馬路，得獎不得獎和中學作文比賽引起的動靜差不多。因爲自己孤陋寡聞，如今台灣檯面上的文學評審大都是我未聞其名的大人物，即使一、兩位聽過大名，也是江湖上把前浪打倒在沙灘上的雄偉後浪。

前幾天我收到台灣文學獎恭賀作者「入圍」的「槓龜」（閩南語，意味輸了）獎牌，啼笑皆非。出版社安慰：曉雲姐，入圍就很難了。

可是不識抬舉的作者看到一位評審自述對拙作「投不下去」的原因之一是作者長年住在美國，想當然耳對「祖國」疏離。雖然這個說法未能表現出文學專業，起碼直白大膽，毫不掩飾個人偏見。可惜作者沒有機會申述自從二〇〇五年以來，已經「回歸」華文世界，算是因爲「身世不明」連累了自己的小說。

不過說到底還比得獎的那位幸運，因爲評審們居然公認小說獎得獎作品「寫得不像小說」。更有趣的是，先前指出拙作「嚴重的缺陷」是：「蔣曉雲多年來人在美國，不管寫台灣還是寫大陸的社會都有距離」之同位評審，對得獎作品的評語也別出心裁，認爲得獎作者近年創作的題材一再重複，根據評審紀錄原話是：「如果得獎，要附一句，希望她不要再寫這樣的小說」，聽起來好像給獎的條件之一是，冀望作者對同一題材到此爲止。

我這人喜歡胡思亂想，雖然和前述不搭界，卻忍不住聯想到一則影劇軼聞：台灣女星的大陸婆婆是餐飲界女強人，財大氣粗，向愛美媳婦看齊，聲稱最喜歡巴黎名牌時裝，一有新裝上市，就搶購穿出見客。現在的網路新聞和讀者互動，就有刻薄的留言：建議名牌時裝付廣告費給女強人，請她以後不要再穿了。

（二〇一三・一・十六）

雲深不知處

有幾位我尊敬的前輩建議我寫職場小說。爲證明所言不虛，還列舉成功典範鼓勵作者見賢思齊：

一位說：「你看過香港有個梁鳳儀寫的商界小說嗎？賣得好呀！」

一位說：「《杜拉拉升職記》又出書、又改編成電影、電視劇，火得不得了呢！」

有一位是科學家，客觀地做出分析：「全世界都說要複製『矽谷』經驗，矽谷你住了二十年，又在跨國公司工作了三十年，肚子裡多少第一手職場故事？現在的華文讀者就關心升官發財這些事，你當笑話跟我們講的辦公室政治和矽谷名人軼聞，都是讀者最感興趣的題材，不寫可惜。」他還鐵口直斷，將來我要靠職場小說揚名立萬。

有位好友腦部受損，去年六月倒下，住院昏睡了兩個月後逐漸康復，年底才得以從療養院回家，自述感覺睡了一個長長的覺醒過來，除了發現自己從聲洪氣足，說了就算的堂堂一家之主，搖身一變，成了病體支離，俯仰由人，每次外出只能領取一百元台幣零用金的長期病號，中間一切過程記憶不存，別人說起半年來和他的種種互動，但凡昏迷、急救、病中誰來探望、有過什麼對答，對他而言都是一片模糊，聽說了多次以後也只感覺疑幻疑眞，恍如夢中情由。

我追憶自己大半輩子的職場經歷，竟然跟腦病後遺症狀多有雷同，簡單地說，就是一場大夢，醒來後忘記的比記得的多。當然，隱約記得夢中曾是世界二百強企業的得力員工、優秀主管，這三十年也確實起到了對個人家庭經濟的支持，甚至持續提供了現在選擇提早退休，重新寫作的活水源頭。回顧以往，平淡安逸，沒有什麼可以抱怨後悔，卻也沒有什麼可以歌頌緬懷。除了巧遇過一些奇人異事實在難忘，可以當成現在佐茶下飯的趣談，其他日復一日的視察開會、預算編列、腦力激盪、計畫簡報、評薦嘉獎，和刷牙洗臉、開車上班、養兒育子、回家吃飯一樣：統統是無可避免的生活瑣碎，不値一哂，遑論感動到想發而為文，編成小說，和讀者分享。

最近聽人說起在我印象中是情種的老友和小他二十歲女友的相處情形，信口批評道：

小姑娘的感情對他而言太粗糙了。知情人很看好男長女幼、年紀懸殊的一對愛侶，正色駁我：「人家高興就好！別人憑什麼說三道四？我勸你少管閒事。」

這是天大的誤會，我那純就創作發言。在作者眼中，無論粗糙或者細膩都是感情，就是表現的形態有異而已。粗糙的感情如非當事，很難懂得，何況是第三者把它描寫出來讓讀者明白？我年輕的時候在現實生活中曾經遇到過一對剛打完架的中年夫妻，那位阿姨可能傷心太過，不計年齡和輩分，向我這小姑娘投訴丈夫種種粗暴的行為，熱心過頭的聽眾也沒大沒小地表態支持，瞎嚷：「馬上報警，我們這就去驗傷，跟他離婚！」

女主角茫然良久，最終幽幽歎息道：「可是他是愛我的，他的薪水袋原封不動全都交給我，自己連零用錢都不留的。沒有其他男人像他這樣對我好的……」

當時我只覺得荒唐可笑！才被當成人肉沙包耶，別說動了手，承平時候也要寫（抄）它幾首傷春悲秋的詩出來才算愛吧？可是等時光過去半甲子，哪怕我從來沒逮到機會下場打幾架，卻也終於能心安理得地寫一對恩愛夫妻從三樓打到一樓（見拙作《百年好合》中〈鳳求凰〉一章）。如果有人質疑，我還會信心十足地嗤之以鼻：「這有什麼不可能?!」

職場裡的人也都從生活裡走來，不應全是無趣的吧？只是我剛剛才從那場夢裡驚醒，記得的一切都匆忙粗糙，無聊透頂。就算市場歡迎，要是現在就以過往職場見聞為藍本編小說，哪怕寫得出來，大約也和小學生記錄郊遊差不多，連自己這關也過不去。難得去趟地獄谷，猛然看見火山地貌奇特，溫泉竟能熟蛋，不免激動，住在陽明山上，大概就只覺硫磺熏人，氣味刺鼻，巴望搬家。我知道生命裡沒有第二個三十年讓我揮霍，然而怎麼樣也得作者從雲深處走出來，自己先回回神才能開始張望。

（二〇一三・二・十五）

溫良恭儉讓

少小離家老大回。兩鬢添霜誠不欺，可是「鄉音未改」不盡然。起碼在我從家鄉缺席的這三十年中，台灣日常用語中增加了許多新詞彙，方言、網路流行用語、外來語皆登堂奧，成語也出了許多「新解」。閩南話難不到我，外來語語源如果是英語和日語，猜也都猜得出意思，網路新詞彙不恥下問總能得到解答，只有成語新解的「文化」成分高，需要在地生活經驗才得體會。

有些所謂新解純屬用者欠學，本來不值一哂，可是時間久了、次數多了，還是會造成讀者困擾，幸好雖不易釐清原意，卻不難「破解」。例如常有導演、記者、明星發表高見，說新作「票房差強人意」。這時候就得根據實際票房情況和發話者的學養來決定，到底這戲是賣座不賣？這麼描述，說話的人究竟對票房是滿意還是不滿意？

可是有些成語新解就要結合時人時事才懂得是褒是貶了。像老馬哥出道以來，多少人讚美他「溫良恭儉讓」。那個時候台灣政壇上的對照組非「長」即「扁」，都是辯才無礙到吵遍天下無敵手「拔劍四顧心茫茫」的狠角色，批判起對手幽默尖酸具備，常常別出心裁又一針見血，有趣得像相聲段子裡的「刻薄話比賽」。

反觀老馬哥一副打了右臉，就恨不得人家在他左臉上也來一下的架式。那時候哪看得出懦弱退縮和謙和有禮只有一線之隔？我有位特別在乎進退規矩和禮儀的姻親當時覺得老馬哥忒有教養，「有兒當如是」。老馬哥的外形是否占優勢，事關個人審美觀點，姑且不論，不過在政客競相耍嘴皮子的風氣之下，台灣社會冒出一位時時委屈得眼眶含淚的謙謙君子，豈止婦女同胞感動而已？

曾幾何時，在台灣說「溫良恭儉讓」聽來卻像罵人了。手無寸鐵的台灣漁民被菲律賓軍人在海上用機關槍掃射，三軍統帥還是一副溫呑模樣，要大家稍安勿躁，給時間等待對方反應，連句激勵民心讓人消恨的話也說不出來。

兩隻野貓爭地盤，打起來之前，也張牙舞爪，磨爪齜牙，虛張聲勢，看看能否不戰而屈人之兵。國人受鄰國欺負，出了人命這樣天大的事，固然不應率爾走向戰爭，可是當政者不先試試文攻武嚇來「安內攘外」，直接就搬出「溫良恭儉讓」眞讓人氣結！

這幾年來台灣政治有事就罵老馬哥已經蔚爲風尙。不過也不能怪我們這個社會揀軟柿子吃，馬政府確實是個出氣的好標靶；歷史已經證明，罵老馬哥不但不會得罪，還有可能引起關注，甚至得到層峰青睞。捧他、幫他的，他不敢搭理，怕親近了有人會仗勢「歪哥」（閩南俚語，指貪污不法），玷污他的清譽。結果左防右防，小人難防，倒把稍微顧點臉面的一一疏遠。其實風行草偃，小民罵他踩他都是「教化之功」。君不見，連寫雜文的都把對菲律賓殺我同胞的氣撒到他頭上了？

（二〇一三・五・十五）

打工不同報國

菲律賓公務船造次，害台灣漁民同胞冤死，老夫婦加入激憤群情，每晚面對電視追新聞不足，還人手一平板電腦「書面補充」即時消息，連各方評論都不放過。小小客廳之中，兩人各持己見，利用廣告時間抽空鬥嘴。

老先生擁護電視名嘴罵菲律賓賴皮，派代表去台灣，居然預備了四份不同的聲明，根本沒有誠意！

國家大事老嫗不解，不過以我幾十年在跨國大企業裡打混的經驗所得，別說出去跟對手談條件，哪怕就公司內部去董事會爭取預算，甚至只是向上級或其他單位尋求對某件方案的支援，團隊也都事先沙盤推演，預備好幾個劇本，兵來將擋，水來土掩。菲律賓代表去台灣開會，袖子裡藏了四份簽好的文件，在企業界是常情。

我唯獨不明白台灣外交部跟人怎麼談的？居然讓對手有機會一、二、三、四，從容依次拿出四套辦法，難怪過了「死期」Deadline，還是沒有得到滿意的結果。大小商業談判，爭來吵去即便輸了不過東家多破費銀子，股東少得紅利，攸關的不是人命和民族尊嚴。可要是出去談生意，回來報告過了限期卻沒能讓對方同意早就提出的條件，一樣要被削得灰頭土臉。更別提人家這談的可是國家大事。

開商業談判會議，如果時間緊迫，前置作業不足，雙方袖籠裡抽出一份彼此認知有差距的「一號文件」試試水溫，無可厚非，還眞不能說是誰欺負人。可是接下來如何溝通表態，折衝樽俎，摸底施壓，總要爭取在一定的時間之內，相互逼迫對方亮出底線，才有可能達成共識，做出結論。

「限期」這一要素，可長可短，看結果的急迫性，從幾小時到經年累月都有可能。談判期間文件修正的版本越少越節省折衝時間，某種程度代表溝通有效率。談判之後，過程細節和甘苦通常都留在會議桌上，老闆只等著看結果。團隊回去述職報告，除非成績斐然，收穫超過預期，交涉其間又有逸聞，否則一般不會提到人家拿出了幾個劇本來糊弄自己，成功拖延了時間；基本上「對方多狡猾厲害，所以拖過了限期，事情辦了個七、八成」就不是一個成熟的交差態度，主管沒要到預期的百分百，聽見絕對不會像《芝麻街》裡的「大鳥」Big Bird那樣對小朋友說：「啊，沒關係，我們盡了力就好了。」所以做檢討的時候不妨避開。總之，談判團隊不能在最短的時間裡逼對方掀底牌，就有可能暴露己方的溝通能力不夠強，而這個缺點一般員工是不會希望老闆曉得的。

哪怕國家大事和商業談判大不同，人性是共通的，像外交部會議室裡洩露出的「四份文件」等細節，不也就沒讓老闆說他們會辦事？除了名嘴罵罵野蠻之邦不講誠信，算是表達了一點「同情」，外交部的老闆們，從行政院長到總統到「人民頭家」，都在發脾氣！

官府的事情我不懂，不過人民頭家確實素難討好。我小時候常不小心聽見家裡大人臧否人物，半世紀前他們也罵外交部長，提起來可能會說：「哪裡比得上葉公超有骨氣！」或者「那人家顧維鈞是什麼風度！」被他們坐在家裡暗損的外交部長，現在回頭看看都是人物。那個時候當官也拿薪水，不過還要有「報國」的身段，理直氣壯地不揣摩上意，憑知識份子的良心做自認利國利民的事情。不像現在的國府，從總統以降都勤勤懇懇地打份政府工，跟我們在民營企業裡打工差不多，那就不能怪老闆們要說三道四，指手畫腳，有事沒事扯扯後腿了。

（二〇一三・五・十六）

輯三

不負春來二十年

咁都得？點都得！

當年台灣小姑娘出國，幾十年後華僑老太太還鄉，少艾成了老壯。應邀報紙寫專欄，編者說題材自定。牽線的出版社總編建議當成一本書來寫，便利將來結集。謝謝厚愛，我的散文功底膚淺，居然有行家鼓勵，汗顏之餘就厚顏從命了。

小說作者躲在虛擬故事裡，說錯了可以推給書中人物，說不出個道理，是書裡那個角色學問差，不撇也清，起碼可以賴皮。寫雜文要站到台前，現身說法，斤兩一掂便知，讀書不多，應該藏拙。可是回到台灣，到處看見談話節目，俗稱名嘴的評論員坐在那裡拉家常，從名人家務到世界大事，什麼都能聊。話說得太多，功課顯然沒時間做足，常常讓門外漢的觀眾如在下，也感覺對談是閩南話說的「五四三」，不著調。不過節目歷久不衰，越開越多，可見家鄉父老對胡說八道的容忍度不凡。

人生兜了個大圈，再度回到出生地之前，我在國外工作了三十年，上班用的是非母語，有時覺得表達不能淋漓盡致，就懶得開口；嘰嘰喳喳的話匣子關起來，裝出深不可測的樣子。本來自以爲謹言愼行，卻不知是哪裡露了餡，總有人覺得我有意見可是按下未表。開會時我貌似專注，其實早都走神了，主席突然看過來，說：「咦，『蔣博士』今天沒發言，給大家講兩句？」

既然被點名，只好發揮急智，插科打諢，說點什麼對付過去；那種時候，話說得好用不如說得好笑，全體哈哈一陣，散會的時候還會有人過來讚美其他發言冗長無聊，只有最後幾句東拉西扯講得最好。美國人吃這一套，雷根做總統的時候，重要場合老打瞌睡，就靠講笑話撐場子。

小時候總覺得人要聰明，過目不忘，不讀書也考第一，才是自己的偶像。皓首窮經，天天苦讀的同學，哪怕高中狀元，也不值得羨慕。等到年紀漸長，才了解努力專注不但是美德，也是個性和本事；美德需要培養，個性很難改變，而本事更是未必追求可得。

兒子小威哥申請大學的時候，老媽無意中聽見大威哥給弟弟忠告：「媽媽是錯的！她總說什麼跳得高不如長得高，努力趕不上天生。告訴你，我們要不是她的小孩，就會像其他亞裔那樣進哈佛。不過現在跟你講這個太遲了，你像我一樣，大學好好用功把成績搞上去，準備考研究所吧。」最後那兩句聽起來竟有幾分大勢已去的蒼涼。

我以爲自己從來沒有教導過孩子玩世不恭，鄙視努力。哪知言教不如身教，兒子們已被潛移默化，幸而老大及時覺悟受害，還提醒弟弟，讓老媽慚愧不已。寫作可能是我這輩子最認眞的事了，可惜中文程度有限的他們，對老媽這一面一無所悉。

不過寫小說嚴肅對待，寫雜文我卻想天馬行空，回歸本性。廣東朋友有句口頭禪表達驚歎：「咁都得？」我每聽見台灣名嘴信口開河，都不由自主地冒出這句方言，翻成台普就是「醬子也行？」寫專欄就走個輕鬆套路，立低標以名嘴爲門檻，純當瞎扯淡，也算流露眞性情，所以「點都得！」乍都行！

原載二〇一三年五月十七日《中國時報・人間副刊》

水到渠成

接下中時副刊每週一次的專欄後順手做了個可信度極低的身邊閨蜜問卷調查：「如果讀千字文章，想看什麼樣的內容？」

一個朋友關心大事，建議我寫回歸家鄉以後對台灣政治、社會和文化的感想。我對這點有疑慮，台灣出名嘴，政客文人想出頭露臉，找上傳媒去排排坐，放放「話」。官家老闆沽名釣譽收編異己，不乏有人「罵」進內閣的實例。名利當頭，台灣電視談話節目裡前民代、前媒體人、前社會運動領袖，當眾練瞎話，拚尖酸；筆下來得的還時常投稿報刊論壇，打知名度不遺餘力。這些人或為生計，或為外快，或為仕途鹹魚翻生，總之各有期待，早成專業戶，市場飽和，哪裡輪得到小說作者改行寫散文插花多事？

另一個朋友談了一輩子的戀愛，她說現在嬰兒潮世代退而不休，傳媒編輯的年齡層相較爲低，三、四十歲幹部主導下的書報雜誌內容年輕化到讓銀髮族感覺缺少共鳴，而上了年紀的人才是願意掏口袋買紙版書和報紙來看的忠實讀者，專欄不妨多關注銀髮族群的感情生活。

想當年二十出頭，我就寫過銀髮族戀愛小說〈樂山行〉，裡面兩個六十幾歲的老傢伙發展黃昏戀，寫到約會只能安排出去散散步、爬爬山。根據可靠「內部消息」，同年大導演拍《推手》時還「參考」過拙作，難怪電影裡兩個老人家交往和小說主角一樣彆扭。電影、小說多少反映現實，也可佐證三十年前華人社會男女交往，年齡確實是一大顧忌。

現在不同。曾有老友閒聊，提及在老人院工作的朋友轉述，院內八九十歲老人家都還活力十足，情史豐富，翁嫗相互追求，不乏多角戀。她舉了幾個實例，在座聽眾耳聞都「喝一大挑」（嚇一大跳的土話發音）。

其一說老人院有甲老太送了一盤自製水餃給乙老頭，不意發現丙婆婆在享用，三人當面理論不清，大打出手。

在場幾個半百聽眾只想到枴杖、助行器滿天飛的武打場面，沒有想到自己也離彼日不遠，無良地哈哈大笑；認爲高齡愛情動作片花有趣！沒想發展至後半段，江山打完，輸家黯然退場，贏家捉對成雙，劇情迅速從周星馳版跳到王晶版，出現「推倒在床」的三級港片情節，老頭遭到投訴，愛曲變奏。在老人院工作的敘述者至此捲入三角糾紛，成爲頭痛不已的仲裁。聽眾們此時笑聲化成了不絕於耳的「哎喲」之聲。作者無才，對這類題材無法消化，只能陪著「哎喲！」

最後還賴高中死黨給個建議，說作者常常東奔西走，不如寫寫旅途見聞。這還比較靠譜。雖然我寫不出「攻略」（就是幾天之內該到哪、該看啥、該吃啥的那種遊記），有點浪費讀者寶貴閱讀時間的嫌疑。幸好成篇後，試讀親友開金口：「用是沒什麼用，不過也算別出心裁，至少一盤冷飯炒出來還跟別家的有點不一樣！」

腦袋像江湖，思路如河川，匯流一處後，再不辨那滴水源自哪場雨，來自哪條溝。讀過、看過、聽過的片段，經過沉澱和反思，不知道什麼時候，從哪裡，自然而然地宣洩。雜文我手寫我心，心裡雜七雜八，也就只能任它由它，等它水到渠成。

原載二〇一三年五月二十四日《中國時報・人間副刊》

人多為患

任何景、物夠多夠大，都用得上「數大爲美」這句成語；朝鮮萬人《阿里郎》讓觀眾瞠目結舌，說不出話，可以來上一句；實景舞劇打著大導演旗號，非專業演員在山水中穿梭，看了眼花撩亂，不明所以，也用得上。不過不能光靠人多，劇目經過長期排練，達到整齊畫一，才能扯上「美」字不臉紅。如果純屬烏合之眾，再多也不美；不但不美，不必等到人滿，多即成患。

四川省阿壩自治州的九寨溝一直是中國旅遊熱門景點，早聽說過像十一黃金週那般放長假的時候，遊客不用勞動尊足，腳不沾地就能被人群簇擁上山。我曾被任職公司外派在大陸駐點好幾年，當時即恐人潮敗興，又怕山路輾轉，硬是沒敢一訪。直等到九寨和黃龍之間的九黃高山機場落成，搭乘飛機旅行方便，退休之後時間又有彈性，這才挑了當地旅遊旺季來臨之前，納入旅程。

大陸旅遊業發展神速，排除公廁不論，硬體條件已和國際接軌，有些景區設備嶄新，甚至超英趕美。九寨規定非公務車不得入溝，沒有特權的普通遊客一律搭乘無污染巴士按點遊覽。只可惜工作人員在環保巴士停駛前兩小時開始趕客，每輛大吼小叫謊稱是末班車要遊人盡快下山，稍煞風景。

從飛機下降就聽當地人自豪地說：「九寨歸來不看水！」可沒警告遊客，九寨歸去也不想再看人。

九寨水景奇巧美絕，名不虛傳。棧道更是精心設計，沿途瀑布明潭，按點索驥，美景自然盡收眼底。然而旺季還差幾天，景區已是萬頭攢動。人多也就罷了，碰巧還都大嗓門；成千上萬條好嗓子齊聚一地，爆發的能量不容小覷。風景用眼睛看，聲音用耳朵聽，兩者原不十分搭界。音量要高到污染風景，要靠遊客的行為加把勁。

初見與自己年紀相仿，卻像小孩參加戶外教學般興奮的大叔大嬸們，我還能打趣：「哈哈！大人也跟我們小時候遠足一樣，走走停下第一件事就野餐。不過小學生沒人把野外當廚房，扛著大號熱水瓶來泡麵，也沒一群人圍坐在馬路旁戴著免洗手套啃雞腳！」

同伴以社會觀察員的口氣讚歎道：「中國現在是全球第二大經濟體，遲早要把美國比下去！觀光產業不得了，淡季都有這麼多人出來旅遊，要帶動多少財富流通！」我連忙點

寨溝美麗的水景

頭稱善，饒有興味地望著成群結隊的遊客將陌生人群當成山頭，唱山歌一樣地隔著人頭此起彼落叫喊著沒有實質訊息交換意義的空話：「走囉，走囉！」、「跟上，跟上！」。把空山幽谷炒得比士林夜市還熱鬧。

可是一連數日，遊客們絕不稍息，在有安危顧慮的棧道高梯上推來攘去，隨興停下取景拍照。更不消說大哥們在禁止吸菸的牌子下群聚解癮，大姐們在不准攀爬的灘石上結伴濯足。明明景點有站供排隊候車，車到卻總有人一馬當先，用手臂霸住車門，再以南腔北調吆喝同伴：「快點過來上呀！」

等我幾次被擠出隊伍，又到處被噪音吵得頭疼後，就再無閒情說笑；彼時尚未進入旺季的九寨黃龍也找不到一片清靜，讓遠道而來的遊客駐足一賞水美了。

原載二〇一三年五月三十一日《中國時報・人間副刊》

旗正飄飄

在國外旅行如果機緣湊巧，作者喜歡尋訪中國城；走走看看，瞄瞄同胞異鄉生活，吃頓中國飯解饞；吉光片羽都有意思。

曾在家庭旅遊既定行程之外的義大利古城，意外闖入新僑聚集的社區；有溫州人開的館子供應「桂花炒年糕」，是市售罐裝桂花醬澆在有點夾生的韓國年糕上，被有嘴不識好滋味的兒子大讚為「歐洲最好吃的中國菜」。

也曾在慕尼黑出差，公餘摸到新加坡人開的中餐館裡點了半隻盤底鋪滿豆芽菜的廣式烤鴨，得到大堂上菜敲鑼示眾的高規格接待；帳單換算成美元果然比得上在紐約曼哈頓吃整隻北京烤鴨，超過公司出差單一餐旅費的最高標準，害我回去銷帳的時候被公司會計處要求文字說明。

有關中國城的最遠記憶是幾十年前到美國，還屬「剛下船的」（FOB）身分，在紐約唐人街南腔不通北調，只得以英語點單，被跑堂用台山話奚落：「嗟！唐人不識講唐話！」

後來上了幾盤包子，同伴說：「咦，這家店沒有別的可吃了嗎？」我說：將就吧！廣東話我只會說「包」。因而一桌雞包、叉燒包、臘腸包、奶黃包。

相較之下，當時加州的中國城對「國語同胞」友善很多。七〇年代起洛杉磯中國城進駐許多越南華僑，非但沒逼客人講越南話，還都說普通話；大概因為祖籍廣東潮州，他們的家鄉話也不是北美中國城裡的傳統「唐話」。

我在加州灣區居住的時間比在家鄉台灣還久，造訪三藩市華埠頻繁得像閩南俗話說的「走灶間」，可是直到朋友在中國城買了一幢小樓，打算翻修時被鑑定是受到保護的文物，跟市政府打起官司，才醒悟我身邊的「中國城」裡原來處處「古蹟」。

此後再走進落款為「孫文」的大門牌樓「天下為公」，就不再只流連兩旁的食肆和廉價商品，改成瀏覽建物，竟發現中國城身穿維多利亞洋服，頭上卻戴了頂有趣的瓜皮小帽。

三藩市華埠有近三百個傳統僑社，古意盎然的堂號，讓人遙想華僑先民在此落戶的十九世紀。這些聳立百多年的會館、宗親會和各公所老招牌，隨著中國城的房子加高樓層，和中國趣味十足的飛簷瓦當一起高升頂樓，上面再豎旗杆；除了本堂旗幟，也升美國星條旗、加州大熊旗，和青天白日滿地紅。中華民國國旗在此飄揚，追本溯源應該是孫中山先生以華僑身分被尊爲國父，百年以上的僑社組織都和辛亥革命淵源深厚。

可惜母國主戰場休兵，蝦兵蟹將卻爭上了海外中國城的屋頂；換下人家掛了百年的旗幟成了外交業績。台灣官家前任兩老闆各自情鍾「膏藥」和「番薯」，公開聲稱「車輪」代表「外來政權」，欲去之而後快；現任這位畫地自限，勇於表態的限於「台灣優先」事務，諸如夜市哪家紅豆餅好吃，或者麵包師傅到哪上學深造？祖國正朔你丟我撿，形勢比人強，難怪華埠曾有的幾百面青天白日滿地紅一一降下，終至難尋。

三藩市中國城歷經二百年滄桑，僑民世居此地，他鄉早已是故鄉。大清黃龍、共和光芒、人民五星，統統掛上又有何妨？旗正飄飄只因迎風，大江東去正是恆常。

原載二〇一三年六月七日《中國時報・人間副刊》

五穀輪迴之所

警告：本文不宜用餐時間閱讀。

多年前小兒大威哥還是小學生，第一次去中國大陸旅遊。去前已知當地公廁設施不盡完善，商量好每天全家在旅館解決大事後再出門遊玩。無奈此事不由人，小兒偏在北京故宮要上洗手間，好不容易在御花園裡找到地方，進去之後只見他飛般奔出，大驚小怪地回報：廁間沒有馬桶，地上只見一個「便洞」（Poo Hole）！

小時候古靈精怪不讓大人省心的大威哥，不但自創新詞，還堅持帶相機進去對著他眼中的奇景拍照留念。

時光飛逝，中國以二十年趕上外面世界二百年的建設，現在別說到了北上廣不輸香港，二、三線城市也高樓林立更勝台北；如廁文化自然趕上文明。就上海鬧區一地，公廁設備早非昔日阿蒙，不但觀光酒店、百貨公司有乾淨的化妝間任君使用，路邊的公廁也多半嚇不倒外來遊客了。甚至連遠在大西北的景區都有讓遊人讚歎流連的「旅遊公廁」。沙漠、山區、窮鄉僻壤，媲美星級酒店的公廁橫空出世，著實令遊客感動；豪華版還在門口高掛數顆紅星徽章，猛一看像個迷你人民大會堂。這種「旅遊公廁」不但沒有異味，還設有帶電視、沙發的休息區。如有機緣相遇，萬勿錯過！唯一的遺憾是不提供坐墊紙圈或清潔劑，而且衛生紙容器長空，形同擺設。

可是如果去的地方不是「五 A 景區」，或者在公路上坐遊覽巴士的時間長了，就不乏機會見證中國開放數十年來有關公廁的可怕傳聞。今春我在大陸「趴趴走」，這方面見識大增，感覺最長眼的當屬烏魯木齊和火焰山中途所見到的，傳說中沙漠「旱廁」。

戈壁上的公路休息站外觀頗具規模，小賣部有零食和紀念品出售，如果不上衛生間，公路小站不過旅途中的雪泥鴻爪。獨立一旁沙礫地裡的小屋遠觀並無異狀，空氣中少許怪味飄動雖不無可疑，可是院子裡曬著剛才遊客爭相購買的有機甜瓜乾，混淆嗅覺，一時香臭難辨。

旱廁體驗時刻到來時雖有雙重防範，口罩之外再加圍巾，逼近目標還是感到威力無敵，一步更勝一步，直教人頭腦發暈，思緒飄浮。心下暗忖：唐僧一行取經也曾路過火焰山，孫悟空形容爲「穢氣熏人」的「五穀輪迴之所」莫非此處？《西遊記》裡說大聖火眼金睛，倒不記得書中有無提及他老人家的鼻子幾靈？心中胡思亂想，腳下漸漸遲疑。

卻想人生一世，何處不是體驗！把心一橫，屏息走入。說時遲那時快，眼睛和鼻子同時見、聞平生首遇的形象和氣味，胃部頓時痙攣，腦子發出「快逃！」指令。幸好年紀不小筋骨未老，立刻以破紀錄速度衝出去，靈敏度不亞於當年北京御花園裡的頑童大威哥。

大陸西南西北走一遭，發現讓齊天大聖和天蓬元帥齊皺眉的「五穀輪迴之所」等級公廁到了二十一世紀的中國竟還所在多有。有些哪怕不旱，景區清理不即時，遊客方便太隨興，一樣鬧它個五穀屍橫，穢氣熏倒神仙。凡夫俗子避之大吉！

原載二〇一三年六月十四日《中國時報・人間副刊》

人是英雄錢是膽

洋報有軼聞，曰一華婦嘴叼香菸進到米蘭名店購物遭到店員阻止，表示如讓抽菸，就買二十個包，店方爲了當日業績，奉上菸灰缸。引述傳聞的文章指出越來越多的中國觀光客正在改變歐洲購物文化。

普通老百姓出國當遊客，個人被動成爲群體代表；既然見樹就是林，大膽推論接受社會主義洗禮的同胞相信金錢萬能，鈔票可以讓顧客成爲上帝。顧客成了上帝，位列仙班；然而神仙也有等級：大咖出國去歐美擺譜，小咖就國境之內起乩。

曾在莫高窟碰到令我敬佩的講解員，她並不因爲天天導覽，感情痲痹，講起清末民初國家衰敗，列強乘機巧取豪奪敦煌寶貝，無知官民不知愛惜，出土文物常遭破壞時都激動得聲音發抖。她這是個危險的職業，不但講解寶藏的來龍去脈恨古人不爭氣可能血壓不穩，制止今人的不文明行爲，更是冒險犯難。她證實不久前有同事爲了勸阻一對官夫婦遊客觸摸佛像，被不爽的夫人當場賞一大耳光。幸好有遊客錄下實況放在網上，恃權而驕大展官威的夫婦雙雙受到降級處分，正義得以伸張。

中國開發觀光產業，把富庶地方的財富平抑到窮鄉僻壤，爲從前人跡罕至的沙漠、高原和山區帶動基礎建設、人潮和商機，也給當地帶來文化和習俗的衝擊。我參加中甸香格里拉的散客團，遊覽車上四十多個烏合之眾來自四面八方，導遊是少數民族的小姑娘，豪邁坦率，漢語講得極溜，用詞更是有趣，開口就說自己沒有文化，讀到初中一年級，招呼貴客難免不周到，可是如果各位嫌棄，對不起，她可是全村最聰明，學歷最高的了。

右：海拔 4500 公尺梅里雪山

左：藏族家宴

可惜車上老少多數自認「上帝」，對她的幽默和謙虛不買帳，自顧吵嚷，沒幾個好好聽她講話。她說當日所乘豪華大巴原來只接待費用較高，包括藏族家庭晚會門票的「高品團」，可是因為人數不足，今天抄底價的「經濟團」也「走運」上了同輛車。「如果高品團到藏民家喝酒吃肉，經濟團也不能在外邊喝西北風，是吧？」小姑娘企圖說服沒預付晚會的眾人拿出鈔票共襄盛舉：「說實話，經濟團的伙食比較次，如果大家都參加晚會，這錢我也不全部落口袋，經濟團吃得差，明天拿出來加菜改善一下。」她要旅客們下車時隨身帶好貴重物品，因為「現在團費壓得這麼低，說得不好聽，連小偷都來報團！」，我正笑不可遏，已經聽到後面有神仙開罵：「有文化嗎？說誰小偷呢？」

在澳洲自由行我也幾次參加當地一日遊，講解員由駕駛員兼任，有一身在城中窄巷或蜿蜒山路上一面開大巴一面說不停的絕技。無聊到爆的景點，諸如平民女郎邂逅荷蘭王子的小旅館，也能掰出個童話故事津津樂道，嘴上功夫直逼台灣名嘴，個個自詡專業人才。當地計程車司機告知雪梨保障工資時薪高達台幣五百。人是英雄錢是膽，難怪澳洲司機和遊客平起平坐，人人都是神仙。

原載二〇一三年六月二十一日《中國時報・人間副刊》

秦淮亂彈

偶然得見美女如雲的照片，旁有文字說明：「山東師範大學舞蹈系畢業生以《秦淮河畔的歌聲》爲題，穿紫色旗袍一字排開入鏡拍畢業照。」

「旗袍美女」、「秦淮河畔」、「歌聲」並列，不免讓人浮想翩翩；迅速躍入腦海的片段是：「民國」、「歌女」、「南京」、「夫子廟」、「風花雪月」。

思緒接著飄向唐朝，請出杜牧：「煙籠寒水月籠沙，夜泊秦淮近酒家。商女不知亡國恨，隔江猶唱後庭花。」

腦波閃動，瞬間又到明末清初。秦淮河畔怎少得了名妓爭豔！記不全「八豔」芳名？趕緊去查；原來有顧横波、董小宛、卞玉京、李香君、寇白門、馬湘蘭、柳如是、陳圓圓。咦？不是個個的故事都熟，追蹤一下……

正忙得起勁，朋友打電話來說事，隨口問在做什麼？如實招供，竟被訕笑：寫文章的果然無聊！

怎麼就無聊了呢？如果誰家有女兒讀完四年大學，跟父母拿錢做身旗袍，打扮成秦淮河畔歌女拍畢業照，非把冬烘老媽氣炸！不找出這個主題的正面意義，對孔子故鄉的師範大學把畢業典禮和「六朝風月之區」聯結的困惑何解？難不成是「日日春關懷協會」組織的義工，爲引起社會對特定行業關注而標新立異？

朋友笑謂現在只有幫女兒拍出浴短片放到網上一脫成名的現代星媽，哪裡找得到古板家長兜那麼大的彎子去想些芝麻骨董來生氣？「你反正沒女兒就別替時人擔憂，」朋友作結論，「現在的南京可不是你那個《民國素人誌》裡一九四九年以前的南京。」

寫小說要調研，我「工作」的時空背景確實和現實有差距，敏感的「作家型」人格，生活中的大忌之一是落入傷春悲秋的情緒陷阱。幾年前在南京旅遊，刻意避開日本侵華大屠殺紀念館，就是因爲難忘參觀過德國集中營紀念館後竟日縈懷的灰黯心情。

寫「南京大屠殺」的美國華裔作家張純如在三十六歲英年舉槍自盡。雖然作家母親主張女兒死因主要是憂鬱症和可能的藥物副作用，和寫書無關。可是忝爲同行，我卻相信在創作的世界裡，如果面對的悲劇超過承受強度，一己又無能爲力，心靈「一步一步走向沒有光的所在」，回不了頭。人長期被無助的黑暗包圍，對精神上的傷害，就和黑心食品致癌一樣，會逐漸侵蝕健康。

阿Q遊客無膽面對深刻殘酷的歷史，改爲走訪膚淺歡樂的夫子廟仿古小吃街，品嘗以秦淮八豔爲名的風味小吃。結果端上來的八件點心粗糙造作，色香味俱缺，空有其名。未到華燈初上時分，秦淮河邊已經霓虹閃爍。「烏衣巷口」遊人如織，不見「夕陽斜」；「朱雀橋邊」車水馬龍，何來「野草花」？六朝金粉成了到此一遊，未能留下印象，直到得聞女大生穿旗袍緬秦淮，才憶起有此舊遊地。

民國渡海逾一甲子，台灣兩黨合作，三任相繼，土斷有成，撫今之台北已難追昔日之南京。現有山東大妞巧扮金陵仕女，「舊」失求諸「彼」，對岸前人破之後人懷之，哪怕只關風月，不避諱歷史就是勇氣。無厘頭青春畢業照果然富有時代意義。孰云無聊？

原載二〇一三年六月二十八日《中國時報·人間副刊》

船歌

今年驛馬星動，滿世界亂跑。閨友要我多寫點路上見聞和讀者分享；她主張現代人常有機會出門，旅遊主題起碼略具參考價值，比一味信筆瞎扯來得強。她是講究CP（成本績效）的企業主，哪怕是死黨的文章，也多少要求經世致用才不算浪費她的寶貴時間一讀。

作者坦承不會寫遊記；做為一名粗心散漫走馬看花又不用功的遊客，專程造訪的某地風光往往不如偶遇的人事讓我留下印象。比如我依稀記得春天麗江的拉孜海很美；清澈的湖水倒映著湛藍的天，青翠山林夾雜著高聳入雲的白頭雪峰，像畫框一般從四邊環抱平原；黃色的油菜花、粉色的桃花、白色的李花、大紅的棗梨花妝點在像畫布一樣攤開來的綠色田野之間。然而從一片如畫美景中我帶走的清晰回憶，卻是那個船夫和牽馬婦人。

船夫和馬孃同屬納西少數民族，人口三十多萬，世居麗江一帶，以胖為美，據說本來的尊稱是潘金哥、潘金妹，南人發音安昂不分，喊著就成了胖金哥和胖金妹。

一點都不胖的胖金哥划了條跟主人一樣瘦長斑駁的鐵皮船，滿載十位遊客就離岸；這個節目賣的是「遊湖四十分鐘以上」，沒有其他細節。

胖金哥把一船人划出水道，在岸邊不遠，連接成水管般的長條魚簍前停了下來，招呼沒打一個，隨即自顧自開籠取魚。遊客起先以為這個活動也算「一景」，紛紛拿出相機拍照，可是老半天船始終停在原處，胖金哥開籠取魚的勞作也重複不休，就有人問怎麼回事？船夫沉默不答，繼續忙活。遊客恍然大悟：敢情一船的人都陪他幹活來了！不禁議論紛紛，船夫不知是否漢語不靈，反正客人說客人的，他捉他的魚，一聲沒吭。過了一會，岸上同夥划著小艇來吼叫了幾聲，像是通知碼頭上等船的遊

麗江土司府前的仿古家宴 CP 值讓人起疑

客多了，要他返航。船夫這才收拾一下，旋即往來處划去。

遊客不依了：「蛤？這樣就完了？」「我們付了錢遊湖，就陪你來捕魚？」「人家那船都到湖那頭去了呢！」「搞什麼搞！」

胖金哥保持著沉默是金的態度，篙撐不停，方向堅定，很有一些九牛翻不轉的架式。遊客們再相信自己是上帝般的顧客，身在船上也奈他何，只能繼續嘟囔。忽然一個年輕女孩提高嗓門說：大哥，就這樣回去我們這船太吃虧了，不然你唱個歌補償我們吧？

胖金哥顯然是聽得懂漢語的，聞言立即引吭高歌，本來還在吵嚷的遊客也就安靜下來傾聽。少數民族都是「中國好聲音」，普普通通一個船夫，把首一句不懂的納西歌曲唱得纏綿悱惻，充滿感情。餘韻還在湖上蕩漾，挑剔的遊客已經用力鼓起掌來，原諒了一切。

登岸時，船夫臭著臉把盛了魚的鐵盆向第一位遊客遞去，渾濁而無禮地說：「拿到前面那個炸魚棚子裡！」客人愣了一下，旋即領命而去；這船人不單陪歌王捕了魚，最後還有人替他服勞務，客串了送貨的小工。

原載二〇一三年七月五日《中國時報・人間副刊》

古道．肥羊．瘦馬

造訪麗江如果帶著思古懷舊之情，多半要失望。出名的大研古城已經被折騰得像個仿舊贗品，人、物全非。漫步古城街道，若非心中常懷自己是兩旁商家虎視之下「待宰肥羊」的不安之感，就更像在影城觀光。偶遇的「原住民」納西族自稱沒有生意頭腦，選擇搬進新城享受現代化，祖傳房屋就出租給漢族夢想家、淘金客們開客棧和做小買賣。店家來自五湖四海，根據我毫無公信力的隨機調查，店老闆多是四川來的，東北、福建、雲南本省的次之，還遇到一位開餐館的台灣同鄉。

異族房客們把納西老屋按照自己的意思重新裝修，保留了他們心中的當地「古」味，很多看起來是富有上海「新天地」精神的北京什剎海情調，有幾處加了點「小清新」，散發出文藝範兒；比如門前寫菜單的看板上常見的「類」新詩：「麗江是心的家，在這裡，遇到失落已久的自己」或者「曬曬太陽，上上網，碰碰豔遇，喝喝茶」。

經歷了元明清的三朝土司宅第「木府」，建築物也是一九九六年以後重修的新房。兼之不久前實地拍攝過電視劇，紅瓦白牆刷得嶄新，匾上題字也只有落款看起來是位古人。大喇叭把連續劇裡，歌名「淨土」的插曲，在園中來回播送。我走進木府時還不會哼唱，出來時副歌中不斷重複的疑似納西語「阿依喲！阿依耶！」已在腦裡盤桓不肯去了。景區管理單位選用〈淨土〉打擾遊客清淨（靜），不失幽默。

古城處處仿古，木府前兩家餐廳當然用土司府百年家宴菜餚號召。價錢則絕對不古，完全反映通膨指數，直逼京滬。一個小姑娘從我們甫抵古城就一路跟著，堅持要「帶」兩隻肥羊去騎馬，連吃飯的時候都在外面等候。最後連她自己都不耐煩了，直言道：「這沒有多少錢的事，你看我也跟了你們老半天了……」

要不是後來聽見其他遊客大力稱讚在拉孜海騎馬好玩，小姑娘的高壓推銷術差點就讓我錯過了麗江的亮點。不過替古城加分的倒也不是在有人牽著走的瘦小滇馬背上顛它個把鐘頭，而是那位有趣的馬孃。

牽馬婦人是名副其實的胖金妹，遺憾地表示最近照顧生病的婆婆消瘦了十斤。她敬業而快樂，說多虧家鄉發展旅遊，她一名農婦才得以餵馬牽馬，拓展副業，增廣見聞，豐富人生。自稱幾年前還不大會說漢語：「沒法和客人溝通，後來想這樣不行，我就學。說得

在茶馬古道上的現代遊客馬隊

不好，夠用了。」

豈止夠用？說得太好了，風土人情掌故八卦鉅細靡遺；從她上午牽馬下午種田黃昏持家的時間分配，到騎馬行業的組織架構，甚至納西男人的懶惰和她生了兩個兒子的驕傲爲什麼沒有衝突的原因。林林總總。比我在雲南遇見的任何導遊都常識豐富。我告訴她，憑她的觀察、分析、管理和執行能力，完全具備當個企業小主管的資質；再不濟，也可以勝任做個導覽員。

她笑了，說給貴客唱個歌吧。聽完之後我放下轠繩，猛拍巴掌，又想建議她去參加歌唱比賽了。

原載二〇一三年七月十二日《中國時報・人間副刊》

女冒險家

在上海造訪過幾次的連鎖港式茶餐廳牆上有老照片，看得出其中一張是老家的元祖店，招牌清晰可見「四太 Cafe」幾個大字。

「四太」想當然耳是四姨太。側室身分傳統上不宜招搖，遑論用來做招牌？我感覺新鮮，指給同伴看，卻沒人像我一樣大驚小怪；原來這位「四太」在亞洲華人圈早就是知名人物，奮鬥史多次上過八卦雜誌；據說本是廣州一名舞蹈演員，在二十來歲的花樣年華嫁給比自己大了五十歲的澳門賭王當第四位太太。

殖民地華人在我少女時代還遵「大清律法」，允許男人多妻。可是即使妻妾成群不違法，庶民「輿論」對甘爲「非元配」女性的批評並不正面；我記得做小朋友的時候，聽見大人們用不太尊敬的口氣在私下鄙夷社交場合中，某位出席的貴婦「不是老大」。

國共內戰時期男人選擇帶如夫人「逃難」好像不是什麼新鮮事。我媽就曾爲「趁亂扶正」的同鄉女太太，離開老家後自稱正室，未先徵得同意就拉她背書而生過氣：「怎麼好說『不信就問蔣太太』？從前我認識她是哪個！」

那些在我小學時把牌友是第幾個老婆當成世紀大案研討的女太太們，如果現在還在世，都快當人瑞了；可是堂而皇之把「號頭」打上招牌的四太，年紀可比我還小好幾歲；明明是現代人，卻演繹「張大帥」年頭的故事？可是四太不愧是新時代姨奶奶，她沒有把自己的人生演成土豪劣紳逼迫小家碧玉做妾的封建悲劇。她的角色是「女冒險家」，和結婚結成中外傳奇，離婚離成世界新聞的虎妻一樣；她們有才有貌，人生所缺少的不過是個機會；女冒險家在婚姻裡落實的不一定是愛情，卻一定是往上爬的墊腳石。

以我的成長背景和家庭教育，我應該像我老媽和她的正宮朋友們那樣，加入鄙視女冒險家的行列，可是天上的太陽較前炙熱，兩極的冰山加速融解，物種瀕臨滅絕的越來越多，人類男婚女嫁的制度受到挑戰，地球離本「紀」的大毀滅又向前邁進一步；世界不是我媽的世界了；天氣變、環境變、傳統變，連我的女英雄名單，也從寥寥可數的秋瑾、居里夫人、吳健雄，變得長到無法表列。

虎妻和四太年紀尚輕，來日方長，目前排不上我的名單，可我已對兩位晚輩心存敬意。老金龜的少妻、小老婆，在一般人印象中的典型是膚淺拜金，把買皮包當生活重心、住帝寶當畢生志業，除了享受炫富，人生再無追求。可是女冒險家不同，她們不以錦衣玉食爲滿足，要皮包更要魚竿，一朝竿在手便把魚來釣，後來成爲女企業家，以提供就業機會的形式和社會分享財富。就這一點，女冒險家豈不比含著銀湯匙出生卻打牌吃飯庸碌以終的千金、貴婦更勝一籌？

女冒險家愛鈔不愛俏，是有爲有守，讓見多識廣的老狐狸一見傾心，是憑本事崛起。攀高枝不是作奸犯科，哪裡輪得到閒人如我說三道四？英雄不論出身，英雌豈分號頭？說到底，奉公守法、誠實納稅，不危害社會，男女都是好公民。

原載二〇一三年七月十九日《中國時報・人間副刊》

人老當自強

華人素重「孝道」，中國大陸更立法維護傳統，修訂「老年人權益保障法」，明文規定：「家庭成員應當關心老年人的精神需求，不得忽視、冷落老年人。與老年人分開居住的家庭成員，應當經常看望或者問候老年人。」

遠在上述俗稱「不孝子條款」的修訂法案頒布之前，日益城鎮化的大陸早就積極宣揚「回家看看」的理念了。連我這樣偶爾造訪的過客，一到上海打開電視，也總看到有關的公益廣告。除了廣告，坊間還創作流行歌曲、戲劇節目強力推銷。每到年節，「探望父母」更是各地節慶晚會中短劇小品不錯過的政治正確題材。劇情或悲或喜，皆以最直白的方式表達可憐天下父母心。戲裡父母一律是精神上極度依賴兒女的老頭、老太，造型也都「悽慘落魄」，端靠子女良心發現才展現歡顏，最後由旁白，或者演員本人，以「連爺爺您回來了」那種拖長尾音的腔調，向觀眾喊話：「孩子們，常—回—家—看—看—！」

從前我是父母在即遠遊的兒女，後來自己爲人父母；好不容易把兩小孩拉拔長大，相繼離家，又成了空巢老人。對「分開居住的家庭成員」和「老人」兩種身分的生活和心情俱有經驗。感覺廣告、歌曲、戲劇，都是路人閒話；有孝心的無需提醒，沒孝心的不能撼動分毫。

至於法案則官府有政策，庶民有對策；大陸上「不孝子條款」剛才發布，網上立刻出現「代看服務」。這招堪比本屬舊社會陋習，後來號稱成爲台灣民俗的「孝女白琴」。不同之處在於孝女提供的哭喪服務，作弊欺瞞的對象是亡靈，傷不到活人的心。

四川熊貓基地

幼雛一朝羽翼豐滿高飛離巢是老鳥的成就；化爲鵬鳥彩鳳翩然還巢是老鳥的心願。然而離家子女探視父母，主要取決於缺一不可的兩個主觀條件：一是有力，二是有心。如果無力；生病、坐牢、缺少盤纏，怎麼回家？如果無心，那古今中外不孝順的故事多了；哪怕立了法，倚閭而望，也可能盼來個代看槍手。父母唯有放下對成年子女的牽腸掛肚，視親情如愛情，且信：「兩情若是久長時，又豈在朝朝暮暮」，才能長遠維持快樂的親子關係。

小兒大威哥上學時熱中兄弟會活動，到處跑場，儼然要角，難得回家。某次無預警返家省親，說是給老媽一個驚喜。結果娘倆卻湊不出時間一塊吃頓飯。最後在他離家返校當天，提前起床共進早餐應卯團圓飯。他一再調侃：沒想到老媽的社交曆排得比我的還滿！老媽藉題發揮：小瞧你媽了吧？能跟大忙人說「沒空」眞是榮幸。生活充實，自得其樂，老來不當誰的牛皮糖和鼻涕蟲，是你媽的人生目標。

大威哥若有憾焉卻語帶敬意地回應：這次學到教訓，以後找媽一定提前預約。驕傲母親自尊上的滿足乃多少彌補了對遊子的依依不捨。

俗云「兒大兒世界」；摩登父母之道是默默關注，遙遙祝福。與其立個「回家看看」之法，何如社會養成風氣，鼓勵老人自立自強，做知情識趣的父母和祖父母，讓兒孫因爲敬愛，主動親近？

原載二〇一三年七月二十六日《中國時報・人間副刊》

貧賤父母

拙文〈人老當自強〉，寄語父母自尊自樂，子女成年且忍心放手；兒大兒世界，咫尺或天涯，見或不見，如果情到深處無怨尤太難，至少做到「不」怨尤。

台北的閨友說文章勵志。她身邊不乏「啃老族」：成年子女延遲獨立，「靠爸、靠母」（閩南語發音），可是周瑜打黃蓋，小孩幾十歲了，一家人還是一家人，父母甘之如飴，深怕兒女離家後不能朝夕得見。

就太平洋兩岸個人小小生活和社交圈內檢視，亞洲社會對啃老現象接受度高於歐美人士。西人年滿十八歲，如果不繼續升學會被父母請出家門。上了大學哪怕經濟尚未完全獨立，好歹也算離家了。成年子女賴在父母家中易被同儕嘲弄，很少人以身相試。

流風所及，在美華人家庭也受影響，有熟人家庭多年都是父親留在台灣賺錢，母親移民美國陪讀課子；小孩完成學業以後，媽媽望子成材用心良苦，不惜使出霹靂手段趕兒出門，強迫離巢單飛。在台灣的婆家和父親，竟指責母親「狠心」，理由是：「我們家又不是養不起！」

駐點上海的閨友卻指出大陸立法保障父母權益事出有因：「以十三億人的不良個案拿出來看，有時實在令人髮指。貧賤夫妻百事哀，貧賤父母亦然。」

話雖如此，怕只怕父母再哀，官府做主也討不回兒女的孺慕之情。

報載大陸「不孝子條款」新法一實施，江蘇無錫就有媽媽把女兒、女婿告上法院。法官援用新法，判這對夫婦每兩個月必須探望母親，逢節慶也至少安排兩趟回去看望。可是馬上就有大陸學者酸問：判決後女兒還是不回家怎麼辦？總不能要員警把她抓回家跟母親冷眼相對吧？

強制子女回家看父母即使依法有據，實際上也難以執行；只能當成為受冷落的老人提供一個向子女撒嬌的工具。

我在上海的頭兩年有心學習滬語，幾乎每天收看類似「家事調解庭」的方言節目《老娘舅》。上海的家庭糾紛一般都圍著房產打轉，侵占父母公房補償款後把老人掃地出門的不孝子女大有人在。小市民父母普通話不靈，找上地方電視台類似台灣「公道伯」的老娘舅涕泗縱橫討說法。親子為錢撕破臉皮，扯爛親情，是人間悲劇，早就超越了「他都不來看我！」的佯嗔，如非父母自願分配財產，就是子女客串金光黨；既是詐騙，只好興訟求償，否則還是一個願打一個願挨，清官難斷。這種故事一多，逼得老人相信老本，認爲有錢才有孝子。

親人之間講心不講金，人老當自強豈是富爸媽的專利？時代變了，養兒育女是福也是債，結婚生子不再是人生責任，而是個人偏好（preference）；父母教養子女成人，不爲養兒防老，而是對自己和社會負責。貧賤父母把孩子拉拔大固然艱辛可佩，可是人至老境堪憐原因太多，不能全歸咎於兒孫不孝。

自尊不認貧富，維護之道有公式可套：X（如：餓死、反哺）事小，Y（如：失節、色難）事大。父母有原則，貧賤又何如？人生外在環境縱使無可奈何，內在心理卻可自我建設。富貴也許由天，愛是拽著還是放手卻可由人。

原載二〇一三年八月二日《中國時報・人間副刊》

從膀爺說起

「膀爺」是北京俚語。南方對不穿上衣、光著上身，露出膀子上街的老大爺，沒這麼形象的稱號，只白描成「打赤膊的男人」。

最近加州洛杉磯大都會東邊，俗稱「小台北」的市鎮街邊公園裡出現一位「膀爺」驚動了警察。抓住一問，原來是中國赴美探親的老爹，白天兒子上班後自己到公園遛遛，因為天熱，脫得剩下一條內褲納涼，被大驚小怪的當地人看見報了警。

國強民富了，越來越多的中國觀光客走向世界。可是世界不感恩中國遊客過埠救經濟，地方報紙反而紛紛拿中國觀光客的壞習慣開涮。幸好泱泱社會主義大國有風度，不但沒罵外國擺啥布爾喬亞臭架子，還反躬自省；新華社發新聞稿「總結中國遊客海外遊的四大亂象」是「吵鬧、不守規矩、隨意拍照、不尊重當地風土人情」之餘，還加碼送自家人一頂大帽子，稱亂象是「中國遊客的『四宗罪』」。連中共高層也出面要求「提升公民出境旅遊文明素質」。

根據個人在大陸的旅遊經驗，犯「四宗罪」的國內遊客更多，影響層面更大。何止「出境旅遊文明素質」要提高，所有遊客的素質都得趕上。

外國幾十百把個中國遊客「吵鬧」，說到底不過一大鍋粥中幾顆「老鼠屎」。中國國內景區動輒上萬人頭攢動，那噪音才聚沙成塔，分貝高到禽飛獸走，人類聽覺受損的程度。

中國遊客在國外因「不守規矩」被噓的不過小撮害群之馬，還多半能對外國語文、規矩表示尊敬，行爲往往會隨身旁老外凌厲的目光和語氣收斂一二；在自己的地盤上則大多彼此不服，以致景區工作人員維持秩序遭賞耳光的有之，正義之士喝阻插隊被暴打的也常聽說。

「隨意拍照」這宗罪最令人憤慨。在各地博物館裡罔顧制止，打光拍照固然可惡，被拍文物雖可能受損起碼沒知覺。聽音樂會和觀看表演的時候不聽勸阻猛閃鎂光燈，不但對藝術家不敬，更可能引起台上演出者眼花失足的意外。有國際知名華裔鋼琴家在南京演奏，從開場忍耐「祖國同胞」無禮拍攝直到中場休息，才站起來聲音哽咽，一字一頓地要求台下予以尊重：「請・你・們・不・要・再・拍・了……」聞之鼻酸。我在九寨溝看《藏謎》歌舞劇，嶄新劇院富麗堂皇，聲光座椅設備一流，機關布景更勝老舊紐約百老匯。可是觀眾八流，觀劇時吵鬧不休，鎂光燈此起彼落，有人拿著智慧型手機全程錄影不說，劇終時台上演員還在謝幕，台下觀眾已經自行起身，爭先恐後鳥獸散，留下紅地毯上瓜子殼、果皮、垃圾滿地，最觸目的是後排走道上還散落著，不買票搭人情入場，臨時加座用的各色塑料小板凳，高大上的劇院散戲後比我當台灣小丫頭時看野台歌仔戲的場面還髒亂。

然而眞正嚴重的卻是第四宗罪：「不尊重當地風土人情」。中國公民在外國出洋相，不過外媒拿來消遣，或者公園、景區、名牌店裡豎起幾個有種族針對性，可能刺傷同胞自尊的告示，最壞結果也就拖累全球華人形象。中國地大物博，民族複雜，按人口比例，遊客以漢族爲大宗，只要幾個無知敗類惹禍，小則造成治安問題，大則破壞民族情感，進而「動搖國本」。在大陸新疆、西南邊境、川滇藏區，我都親見漢人在他族地盤上，指手畫腳，言語輕慢，自認高少數民族一等的討厭嘴臉。公民頭上沒刻字，PRC、ROC只差一個字母，沒有誰比誰高明；反正同文同種，祖宗不容抵賴，忝爲漢族只能慚愧汗顏。

原載二〇一三年八月九日《中國時報・人間副刊》

用功俱在無功處

老友是愛國華僑，離開家鄉大半輩子，始終懷抱熱情，心繫台灣，每逢選舉哪怕遠隔重洋，照樣出錢出力。可是最近一見曾經鼎力支持的老馬哥出現在電視上就如視寇仇，比當年看到貪污犯還惡聲惡氣。

老馬哥何來大惡？不過搞不清楚政黨政治制度下做為領袖該負的責任，四處討好還偏討不到，鄉愿得教人失望。居上位不能高瞻遠矚、調和鼎鼐、知人善任、賞罰分明；節骨眼上態度騎牆說是「傾聽民意」，大事含糊不表態推給「尊重司法」。不是個好老大，「對伊會衰」（閩南方言，意謂：跟著這樣的頭沒好果子吃）。

躲在總統府裡，連自己的就職大典都藉天候之由免除，實踐韜光養晦，輿論卻譏諷是膽小怕事。待他鼓勇而出，找幾個藍綠不得罪的公開場合露臉；到往生名人的靈堂上香，去夜市吃盤蚵仔煎、買塊紅豆餅，伸出大拇指比個「讚」，那也挨罵：無能、做秀。動輒得咎。

幾年前李敖參選總統吃對手豆腐，說帥哥選錯了行業，應該去演電影才對路。這才多久的事？帥哥已經成了老爹，滿臉皺紋眼袋下垂，神采盡失。有名女人毫不客氣地當面建議老馬哥打肉毒桿菌。郎怕選錯行，看來老馬哥打的這份工確實磨人。

不比熱血友人照單全收，我對熱鬧有餘的台灣電視新聞有所保留，權當是側重娛樂性的「狐狸台」。就這樣自認冷靜，看到無論百姓愛不愛戴，都是國家最高領導人的花甲老爹，巴巴前往退伍前幾天不幸在軍中暴斃冤死的苦主家致祭，卻被答禮的小姊姊拒絕握手的電視新聞特寫鏡頭一再重播，非但不同情，腦子裡竟還閃過損人活該的上海俚語：「吃耳光面孔！」

統帥的苦臉沒嚇退英勇的部屬；隨後有將軍脫下軍服換穿西裝上門。帶去的竟不是喪家指定要的「眞相」，而是人家一再謝絕的旌忠狀，自然灰頭土臉無功而返。雖然碰釘子之後政府單位道歉的道歉，撇清的撇清，都說烏龍非己之過，所失之「格」卻已無法和獎狀一起回收。

老百姓不懂軍人敘獎章程，我僅憑常識判斷覺得濫用名器還被打槍，對收授雙方，甚至忠烈祠裡眾英靈，都是侮辱。不解公家行事爲何如此魯莽？小市民串門還要先打電話敲定時間和節目，確定不撲空掃興才動身出門。難道總統和將軍覺得自己代表人民和軍隊，當眾被刮鬍子不損及個人尊嚴，所以無甚所謂？

退休前我在私營企業工作，同僚「本業」是各單位主管。可是每逢上司會見重要客戶，或向股東大會、董事會報告，幕僚都全體動員為老闆「勤前教育」（Prep）。

老闆代表大家出馬，表面是獨腳戲，背後卻有團隊心血；內外之間橫向單位、縱向層級，都有會前會和會外會，談妥細節，以為張本，確保箭無虛發。大型會議能見度高，連發言順序、席次安排、講台走位都要事先考慮。事畢檢討，層層反省，如果任務失敗就要有人擔當。為人幕僚襄贊上司是份內業務和職責所在，鞍前馬後豈止公關那麼簡單？不讓自己的老闆出洋相不叫拍馬，叫「敬業」。看不起上司的才智人品，或者志趣不合，只要不是加入黑道上了梁山，盡可拂袖而去。可是和尚沒還俗之前就天天少不得要吃素、念經、撞鐘。

老馬哥談起就任以來政績斐然卻沒聽見應得掌聲哽咽含淚。時人譏曰：「將帥無能，累死三軍。」挨起罵來「一馬」當先，身後未見團隊相挺，看似孤軍，何來三軍？

原載二〇一三年八月十六日《中國時報・人間副刊》

不負春來二十年

「五十五歲退休比六十五歲退休的人平均多活十年」是我道聽途說而來，出處不詳的數據。雖說可疑還是選擇性採用，遞「退休」辭呈時就曾大言不慚地引用以婉拒老闆慰留。

在美國私營企業工作，並沒有法定退休年齡，所謂「退休」就是離職後不再另找工作，在家賦閒吃老米飯的意思。

「不開玩笑，你可能還要活個三、四十年或者更久——我的意思是，你還年輕！」平時以不友善出名的大老闆，擠出一個笑容對我這唯一的女性直接下屬說了句「甜」話之後，一看下屬沒買帳，而且也不像是假退休，眞跳槽、鬧加薪，就換回嚴肅面容勸我三思：「再考慮吧，駕輕就熟的好差事丟了可惜。忙慣了的人，停下來不工作很無聊的。多少人把退休想得太美，後來都落空了。我有個朋友愛打高爾夫球，誓言不上班以後要天天打。可是你看他現在天天打不打？老虎伍茲也沒體力一個禮拜下場七天。什麼事情天天做，都是工作。」

人還天天活著呢，難道也是工作？不過確實有信佛的閨友說她今生是替來世做功課。這麼想，人生可不像蒙眼驢子拉磨？不知伊於胡底。

偶寄電子郵件交換笑話的朋友轉發來一組照片，記錄西藏喇嘛表演沙畫；僧侶們把顏色鮮豔的礦沙用長管子小心填進繁複的大千世界圖案裡，花長時間勞作，完成後作法慶祝，隨後打掃乾淨，一塵不留。象徵人世短暫，絢麗終將歸於虛空。

同屬戰後嬰兒潮世代的這位朋友，聽聞生活態度入世，半生為妻財子祿忙得興高采烈，忽然開始轉發人生哲理，流露倦勤之意，還嚷嚷要學我退休「寫寫書」。

敢情退休像打噴嚏，有傳染性？兩年前我從美國離職返鄉，在台灣做官的死黨也正好提出退休申請。我趕緊對她曉以大義，除了轉述前老闆名言：「高爾夫球也不能一個星期打七天」，還掏出老友之間不避淺陋的大實話相勸：退休不但收入減少，社會地位也下降。以前去上館子，祕書訂好位後姍姍而至，經理趕出笑臉相迎，說：「包廂準備好了，貴賓這邊請！」現在提早到餐館門口排隊，輪到了，堂倌眉頭一皺，說：「阿姨用團購券要等大堂走廊的加座有空位。」

死黨啐我誇張！罵寫小說的瞎話編得好改行講相聲了。她說自己做了一輩子職業婦女，剩下的日子想當個啥也不幹的貴婦。好朋友一起退休，才有機會結伴出遊、談文論藝、吃喝玩樂，回到少女時代。

可是回到少女時代重溫舊夢談何容易？依賈寶玉的說法：女孩是流光寶珠，人婦是死珠子，再老就是魚眼睛了。家有魚目等級之閒婦，正是包攬娘家婆家所有雜事的最佳勞動力。剩點時間剛好留給自己看醫生對抗陳年痼疾、筋骨痠痛。想三五老友把臂同作少年遊？我認識的退休老嫗個個忙得腳不沾地。

沒人閒得無聊，可我前老闆還是對了：別把退休想得太美，天天做的就是工作。白居易有詩歎老病：「晝聽笙歌夜醉眠，若非月下即花前。如今老病須知分，不負春來二十年。」

人生如沙畫，熱鬧都在前半場。慶典過後要慢慢準備收啦。

原載二〇一三年八月二十三日《中國時報・人間副刊》

尊嚴與安樂

報載「大陸著名作家巴金晚年飽受帕金森症及慢性氣管炎等慢性病之苦……曾說：『長壽對我是一種懲罰』。鑒於大陸類似巴金這樣的病患很多，因此，一個專門探討死亡問題的公益網站『選擇與尊嚴』在二〇〇六年成立，希望推動病患可以有尊嚴地死。」

這個網站推廣隨時可以修改或撤銷的生前預立遺囑，說是已有九十一萬人次登錄，卻只有九千多人完成手續。也就是說根據此一抽樣，大陸上只有百分之一的人認可「生前預囑」的概念。

隨著醫藥進步，人越活越長，嬰兒潮世代更陸續步入老年期。假設在生命倒數計時的當下，人人選擇苟延殘喘，那要給社會和子孫增加多大負擔？尤其中國是推行一胎化有年的人口大國，萬一父母雙方家庭都有長壽基因，一爲人子孫者有替六位老人養老送終的機會。這是現實的挑戰，已非一個「孝」字了得。

如果「好死不如賴活」觀念深入人心，推動安寧病房一類疾病末期養護，避免社會和醫療資源的浪費，讓來日無多的病人「有尊嚴地死」難免會遭遇阻力。報上也果然證實「囿於大陸法律、倫理和文化傳統等，生前預囑並未得到公眾的認可」。

中國這才開始重視生前遺囑，讓最後在加護病房插管一搏，或者自然斷氣成爲生命選項，歐美卻更進一步，多年來熱中辯論是否該讓「安樂死」合法。

荷蘭早在二〇〇二年就已立法讓合格的醫護單位和人員執行合法安樂死。前幾年我在飛機上看過一部有關此一主題的紀錄片，時間隔得有點久，手邊也查不到資料，僅憑記憶所及，可能有些謬誤。影片敘述一位法國婦人遠赴阿姆斯特丹尋求安樂死的紀實。我印象最深刻的片段是護士端來一個盛了液體的小杯子，遞給坐在床邊的婦人，一面柔聲解釋：「這是巧克力口味……」

「你難道不先問我是不是決心要死了嗎？」婦人打岔道。

護士微笑作答：「等下一定問，現在只是解釋你有什麼口味可選。那個問題待會兒要問你好多次的，還有文件要簽。」

婦人有點年紀了，可是看起來精神很好。她自述孤家寡人，世間沒有什麼放不下的，生活不好不壞也就這樣，她不想等到老病淒涼的那天，深思之後決定早點結束此生。簡單地說，就是「活夠了」。

她在紀錄片裡從容安排身後事，跟朋友一一道別，恍若即將遠遊，看來家常無比。

身邊近年有多位熟人過世；老少都是生命鬥士，病魔纏身時從未放棄希望，勇敢地嘗試各種辛苦治療，藉助醫療科技和死神奮戰到最後一刻。在我這外人眼中，熱愛生命的他們臨終前受了很多折磨，可是他們到走的時候都還對這個待他們相對嚴酷的塵世依依不捨。

無論瀟灑赴死，還是鼓勇求生，一般艱難，同樣可佩，相異之處不過人各有志。如果相信「人生而自由」，那麼道德倫理名器宗教人情法律社會國家都是情非得已之附屬價值。如果解除一切束縛前的尊嚴和安樂也能隨心之所欲，可算「人終於自由」。

原載二〇一三年八月三十日《中國時報・人間副刊》

富而不貴

夫婿是英國人的瑞典朋友嫁雞隨雞說一口倫敦腔英語。從前同樓辦公，相約午餐，常聽她用讓美國佬莫名其妙就著迷的英國腔譏笑矽谷沒有貴族，只有新富。我幾次想開玩笑揶揄她不懂中文裡「富」、「貴」二字不分家，薪水階級的工程師配到幾張限制多多的股票在台灣都是輿論口中「新貴」。卻因爲某些可能和種族自尊心有關的原因放棄了耍這嘴皮子。

華文報紙稱之爲「貴族幼稚園」的紐約三一書院附屬幼稚園，一年學費接近四萬美元，想把兒女送進去跟媒體大亨梅鐸的長孫或地產大亨川普之女當同學的家長卻趨之若鶩。《紐約時報》兩年前報導過「沒關係的」小孩（No Connection）錄取率是二・四%。

美國信奉資本主義，私校入學標準很有彈性；沒祖蔭的普通百姓想送子女去貴價幼稚園跟名門巨室之後當同學，只能通過入學考試。出得起錢的父母給三、四歲孩子找老師補習，收費每小時三百五十美元。小毛孩考試有題庫，比如問「蘋果和橘子是——？」標準答案是「水果」，回答「好吃」得〇分。

聞有台灣熟人送兒女到美國就讀所謂高中名校，每年學雜費足以在美養活一戶四口中產之家。因爲我孤陋寡聞，沒聽說過學校大名，承蒙見告：台灣某知名律師的小孩就讀這間！

名人效應中外通行，從純天然酵母麵包、大撈特撈火鍋，甚至兒女上學，都有跟風。問題在於小市民爲什麼相信名人懂行？明星大紅大紫以後，普遍看來比剛出道時英俊或美麗不假，可是女演員出版醫美書籍談己身美容經驗，並不能取代醫師的專業意見。

爲小孩選學校更不該盲從；名人未必是稱職的家長，名校也未必提供合適子女的教育環境。交朋友和談戀愛一樣，緣分勝過努力；能和中學、大學同學維持一輩子的友誼已屬難得，在幼稚園展開持續到成年後發揮作用的社交圈恐怕只是做父母的一廂情願。

根據知情朋友相告，台灣私立高中招生競爭激烈，有幾所效法補習班做法，以高額獎學金招收國中前幾名畢業生入學，再集中資源培養三年，衝高名牌大學錄取率，以廣招徠。

學校發獎學金給有潛質的學生培育英才，將來成爲傑出校友，母校得以沾光，得到回饋，理所當然。做教育生意不顧資源排擠效應，犧牲受教平等，集中全力栽培明星學生，只爲三年之後成爲招生活廣告，讓不明就裡的家長繼續把孩子送去「陪讀」隔壁班由自己代繳學費的樣板同學，則「客戶」失望事小，誤人子弟事大。

開學店和辦學校兩碼事，富和貴更殊途不同歸。身分上的貴族早隨封建和帝制被推翻打倒，共和國只有精神上的貴族。小報常把一身名牌的新富，也不管身家來自貪污、倒債還是內線交易，都形容爲「貴氣逼人」；這個「貴」僅有字面意義，指衣物上的價碼牌。

杜詩說得好：「位下曷足傷，所貴者聖賢。」新富運氣來了就可暴發，鮮衣怒馬，帝寶名包，道旁側目。聖賢之貴卻歲月悠長，皓首「窮」經，由內而外，顯而不露；與同學父母、英語腔調、財富地位統統無關，缺點只是在書堆裡悶得久了，有時難免略爲帶「酸」。

原載二〇一三年九月六日《中國時報・人間副刊》

天上人間

看到「天上人間」最先想到什麼呢？國語老歌？暗藏春色被取締的知名夜總會？還是李後主的〈浪淘沙〉：「獨自莫憑欄，無限江山，別時容易見時難。流水落花春去也，天上人間」？

對賭徒而言，天上人間是美國內華達州沙漠裡的賭城拉斯維加斯；至少我認識的那兩位好賭之人都是這麼想的。

幾次過訪都在飛機下降時聽見擴音器裡乘務員耍貧嘴：「歡迎各位乘客光臨罪惡之都（Sin City）！」從機艙的小窗子望出去，金閃閃的高樓聳立在白花花的陽光下，明明是眞實世界，荒漠中冒出的繁華卻假得像海市蜃樓。沙漠之城半世紀以來，在黑手黨的傳奇故事中平地起高樓，成了清教徒所建國家中之吃喝嫖賭的大本營；從以前到現在，賭場大街（Strip）上都少不了衛道人士，高舉《聖經》對著來往行人唇裂舌乾地嘶吼，警告眾人迷途知返，遠離「地獄」。可是對喜歡聲色犬馬的人來說，百無禁忌的此地可不正是人間天堂？

賭場林立的街上遊人多是亞洲面孔，臨近的中國城，更已從我多年前初造訪時的一個小小連棟商鋪發展到了幾條街的規模。可是進入金碧輝煌的賭場，卻感覺看熱鬧、打醬油的多，坐上賭桌的反而少了。原來近來幾年隨著中國的崛起和發展，美國賭城生意早就做不過澳門小老弟了。拉斯維加斯改走溫情綜合娛樂路線，太陽馬戲團取代了上空舞劇，賭城歡迎闔府光臨，成了美國普通家庭度假的選擇。不但以前滿街跑的活動色情表演看板減少，新開的幾家大旅館乾脆強調純「度假村」（Resort）風格，連凡是旅館必定附設賭場的傳統都改了。

洛杉磯華人聚居之地和拉斯維加斯之間，替賭場拉客，俗稱「發財車」的免費遊覽巴士倒是行之有年，歷久不衰。乘坐發財車不但免車費，還可以得到數元籌碼、餐券、禮物之類。這個看似賠本的生意除了打廣告、充人氣，更是賭場跟乘客的定力對賭，莊家把人圈在賭場一整天，不怕魚兒不上鉤。不過再精明的生意經也有失算的時候；幾十年前有位閨友從外州來，獨自搭發財車「一日遊」後兌現了賭場奉送的籌碼，使用了免費的餐券，臨走還拿了旅遊公司贈送的一袋米，一毛錢沒從自己口袋裡掏出來；幾個曾經搭發財車把學費輸掉了的男同學除了表達敬佩，也負責把小蝦米留學生「完勝」大鯨魚賭場的美談傳頌經年。

最近發財車翻車上了報，我這才曉得江山代有才人出，那位閨友偶得一勝不過小巫。根據車禍受傷的幾位華裔老人對記者表示，他們從家鄉來美探望忙著工作的子女，「不希望成爲兒女的負擔」。華文報紙引述乘發財車上賭城「打工」多年的華裔老人：「賭場有吃有喝，冬暖夏涼……不用本錢、無須技能、不管身分……不賭的話，一個月能掙六、七百元現金，不無小補。」言下之意對這份工的薪資和環境都頗滿意。

黑手黨子孫算盤打輸祖宗發明算盤的華夏同胞不知算不算「邪不勝正」？看來只要發財車旅途平安，賭城也能成爲探親老人的天上人間。

（二〇一三・九・十三）

準賴不準充

當年在美國拿到碩士學位後受父母鼓動，申請進博士班又獲得補助，雖然其實無心向學，也就留在校園裡瞎混，當是「彩衣娛親」。等到創業有成的校友返校徵才，僥倖被新創公司錄取，就興高采烈應聘，準備輟學就業去也。那時士大夫觀念重，找到工作雖然開心，放棄博士學位還是小有掙扎。事過三十多年都還記得那天要同車回家的老威哥在系館外面等我去向指導教授「自首」，婉拒獎學金，免得耽誤其他同學機會。可是要當面講出辜負師長栽培的話，對深受儒家思維教育影響的當代台灣留學生來說眞是不易啓齒。

事後回想，其實那是一次「類商業」談判；立場各自表述，修辭都是空談，情緒敗給籌碼，對手沒有上下。這種目標明確的會議應該三下五除二，半小時足夠，可我是菜鳥，在那個還沒有手機的年代，一下午我跑進跑出，既爲安撫系館外久等的老威哥，通知他談判尚未結束，順便打打商量：「怎麼辦？除了研究費、減免學費，下學期還給我一個半工職位，福利加起來跟新工作的薪水也接近了。現在讀不讀博士已經不能說是經濟問題。怎麼辦？」

幾十年前的科技和今天沒得比，想電腦做事，要先用機器的語言加以溝通，才能餵進打在卡片上的指令。我對語文有興趣，連帶跟機器對話也自己看看說明書就上手。雖然專業功課並不出色，可是我掌握了這門跑統計程式必需的前提技術，教授的研究經費無法負擔出去請個全職電腦工程師來做他研究中心裡這點事，所以怎麼說也不肯放人。軟硬兼施，給我莫大的壓力。那天一下午的拉鋸煎熬，到現在還銘刻在心。

我興趣太廣，不是專注做學問的材料，熬了幾年終究沒把博士讀完就離開了學校。可是「最高學歷」晉級「博士研究」。後來在職場裡當主管公告履歷，盡人皆知，同事們開玩笑，有時故意喊「蔣博士」，攔也攔不住，漸漸成了個綽號，一叫就提醒我曾經在向學的路上功虧一簣。

退休前我長期在科技研發單位任職，遇見的眞博士車載斗量，在美國矽谷出頭憑機遇和本事，很少有人注意誰有學位誰沒有。倒是等到外派上海，才發現華人沒有「博士」頭銜吃不開。難怪有唐博士者在美國弄了個野雞大學的文憑，又矇混到大公司當外派主管，衣錦還鄉。運氣這樣好，卻偏偏不低調，居然常和青年學子公開分享他當年排擠同學，欺騙老師才得到各種關鍵機遇的人生經驗，簡直是鼓勵年輕人效法他削尖腦袋鑽空子、走偏門。

錢鍾書早在《圍城》裡就狠狠譏誚拿著國外買來的博士頭銜回鄉唬人的留學生。時間都過去了多少年，中國都革掉了幾代命，到了二十一世紀照樣有人憑此招搖。唐某在大陸風光多年，直到幾年前離開跨國公司主管職後才逐漸沉寂。可是近來又聽說還是有大學請他演講。

幫派分子準充不準賴，博士不一樣。「以才智用者謂之士」。學位無論怎麼到的手，把機變狡猾當成智慧謀略到處宣講，不是個士，也不是個事。

（二〇一三・九・二十）

城裡老鼠和鄉下老鼠

從加州灣區半島開三、四十分鐘的車到舊金山市區踅踅本該是尋常事，可是矽谷居民無論華洋，多半管這麼趟短途車程叫「進城」。有時候還費事公告親友：這兩天進城，要不要捎點什麼回來？

家住城區的朋友每天通勤上下班，譏笑把去市區叫「進城」純屬「鄉下人」言行。殊不知無關距離，總之「進城」就是大事；聽見有人問：最近都去哪玩啦？可以理直氣壯地回答：「進了趟城。」

有次和前同事進城拜訪一位男同好友，去到掛滿了彩虹旗的街上。兩老太興奮得像中學女生，因為加起來在灣區混了超過半世紀，還是第一次有機會深度造訪以萬聖節變裝大遊行而全球知名的小區。地主朋友帶著我們走訪街坊小店和特色咖啡館，看著兩個大驚小怪的鄉巴佬搖頭歎氣：「一直以為你們世故有氣質，原來是兩隻鄉下老鼠！」所用典故出自伊索寓言，說「城裡老鼠」和「鄉下老鼠」親戚互訪，在對方地盤上出洋相的故事。

家鄉死黨聽美國講古，好奇國外也和國內一般，人分城鄉，問道：城裡人和鄉下人孰優孰劣？怎麼區分？

「寓言的意思自然是優劣互見，應該彼此尊重，可是不能否認俗稱的鄉下人有貶義。其實二者是代名詞，跟實際住哪沒關係，主要是行爲模式不同；城裡人要在任何情況下維持淡定的態度和冷漠的表情，」我爲友釋疑，「再好奇也要做出經過見過，沒啥稀奇的樣子。就像紐約是舉世公認的大蘋果，可是我的倫敦熟人卻說洋基（Yankee 美國佬）在哪都是土包子。」

雖是玩笑話，也是多年觀察所得：在擁擠的城市裡，身邊永遠有觀眾，心裡再驚訝，臉上不動聲色，哪怕火星人走過身邊，怕別人覺得自己沒見過世面，要露出「不屑搭理」的樣子。鄉下地廣人稀，不必掩飾對雞毛蒜皮感覺新鮮的熱情，無私地分享激動，勇敢地表達驚歎，任何場合都旁若無人。遠有劉姥姥進大觀園，近有前述兩老太遊舊金山彩虹區，都屬此證。

老友當時一笑置之。等她出了趟遠門，坐著巴士和火車，依照古人騎駱駝出關的路線遊歷歸來，卻表示一路所見所聞印證了我的謬論。她說在西安到蘭州的火車上，看見一個大姑娘在茶水桌上𥚃腳丫，旁邊的大小夥子替她捏起腳來。

嗟！魔鬼隱藏在細節裡，憑單一行爲豈能斷定？陸客訪台，聲稱台灣最美的風景是人，就是只比較了整體印象。提出個案，馬上推翻。像我在家鄉一開門就見對門十雙鞋排開，搭配防火門邊高高落起的鞋盒，電梯間瞬間變成了他家的開放鞋櫃。幾次請求收起不達，反以碰面挪開視線表示無言抗議。臉色冷漠，住在都市大廈裡該是城裡人吧？可是行徑旁若無人卻不符城裡人的行爲特徵。

「在火車上捏腳不算土包子，可能是洋派，七〇年代嬉皮風。」鄭重思考後我做出結論，「如果穿五吋高跟鞋旅遊，因而引起足痛，疼到不得不當眾捏之，那該算。」

好友聽了一頭霧水，說是難解此中幽微處。作者只好答應下回續。

（二〇一三・九・二十七）

裙襬搖搖恨天高

近年女鞋流行前後都墊高鞋底的款式，有些鞋底前面一大坨，後面一高跟，遇上鞋跟融入背景色時，昏花老眼往足下一看，以爲是有蹄類。如果搭配同色緊身褲，腿又不夠直，爲了維持平衡高蹶其臀而行，就更像希臘、羅馬神話裡的「半羊半人」。

七〇年代也風行過厚底鬆糕鞋，記得穿起來感覺是平地登雲，走路顫顫巍巍，如踩高蹺。當時那種鞋別名「矮子樂」或者「恨天高」；前者白描，後者促狹。

台灣電視流行「綜藝談話」節目。最受歡迎的一檔由一男一女主持，年紀大點的男士做出正經有學問的樣子，另一位年過而立還賣小的「辣媽」負責耍寶，不但在台灣收視長紅，在大陸也家喻戶曉。老夫妻偶有機會收看，老爺就翹著鬍子鄙視低俗，我卻感覺主持人也不盡如他批評的輕浮無聊，也常開放有趣，一搭一擋很符合雙人相聲的精神，何況大俗為雅，焉知日後不會像八家將那樣成為值得保存的台灣「民間藝術」？

辣媽身材嬌小玲瓏，不吝展露曲線，足下常登五吋高跟坐定訪談，有時候需要近身驗證男賓腹肌軟硬，或是女賓胸脯眞僞，也站起來小心翼翼地挪動幾步。女主持人穿「恨天高」除了有視覺上增加腿長的效果，也有其實際作用，不然一小個子掛在高腳椅上腳不沾地，訪問來賓跳下爬上，豈不滑稽？在光溜的地板上以「半羊人」步伐走動不易，一個閃失就可能造成職業傷害，如非工作需要，何至以身犯險？辣媽主持在節目中就曾坦承她和姊妹們日常其實都穿舒適的平底鞋。

吉米周一類名牌高跟，本來就更合穿著拍照和參加派對，連專業模特穿了走T台，「前仆後繼」摔倒一排的慘劇也時有耳聞。流行劇集裡四個紐約女人，天天穿著吉米周上班喝茶約會，演得好像城裡女人幹啥都穿高跟鞋。其實在實際生活中，我知道的都會職業婦女都穿球鞋出門，高跟鞋放在大皮包裡拎著走，到了辦公室或者場合需要的時候才換上。反而在鄉下旅遊看見女同胞穿恨天高上山下水，練功不輟。

就像武打片裡的女俠薄底快靴要配短打勁裝，郊遊不忘流行的時尚女同胞，足登恨天高，服飾也成套；不但有仿效偶像把辣媽主持整套「工作服」穿上下鄉的，也不乏捧場本土設計再加個人巧思的潮人；螢光緊身褲配桃色肚兜外罩讓人臉紅心跳的黑色魚網；或者前見恥骨後露臀肉的超級短褲上面一件拉鍊前胸纏到後背的短短皮外套；最常見的是把郊遊當參加雞尾酒會，輕薄料子的晚禮服成了光天化日下之內在美展覽。看來是有人設計得出，就有人敢穿。

夠膽色穿奇裝異服配高跟鞋旅遊的不只身邊有男伴權充「小李子」當枴杖的小姑娘，更有成群結隊就「啥咪都不驚」的歐巴桑。正是：城裡老鼠忙下鄉，裙襬搖搖恨天高，此景原應夜店有，山野今得尋常見！

（二〇一三・十・四）

文章憎命達

「風味名勝」是兩岸鄉親對觀光產業異想之付諸實踐；台灣山巔水湄有賣和風西餐具體而微的歐洲城堡，大陸《劉老根》鄉土劇裡的度假村也以農家樂的面貌各地實現。

在山西鄉下我所乘旅遊巴士中途停的「風味名勝」還是間私人博物館。遊客下車使用衛生間的代價是參觀製作粗糙的「山西八大怪」泥像展；一行人稀裡糊塗地被個農村小姑娘領著，在面積不大的幾個迷你窯洞前轉悠。小姑娘認眞導覽，明明沒人聽不到，還煞有介事地拿出只「大聲公」斜靠唇邊，對無心參觀只想「解放」的群眾，一個不落地介紹毫無懸念的八處造景：「山西陳醋一道菜，汾酒窩頭把客待，刀子削麵比飛快，烙餅要用石頭塊，路邊灰土當煤賣，土豆白菜論麻袋，山上挖洞當房蓋，新娘蓋頭給驢戴。」

偏鄉地方常有歸納本地風俗爲「幾大怪」的展覽，不怪程度讓我想起半世紀前在台北萬華看過小戲院門口掛出一塊畫了白色蜘蛛網的黑色布幕，躲在幕後的女子從中間圓洞露出臉來裝人頭蜘蛛，招徠觀眾買票入場看「怪物」。這種伎倆連當年的小一生都沒上當。不過有買才有賣，估計什麼西洋鏡在哪個年代都找得到觀眾。

像我就對很多明知是搗鼓出來的文人故居買單：濟南的李清照紀念館和成都的杜甫草堂都留下深刻印象。

愚夫婦遊山東有我兩位閨友結伴同行。她們少女時代就是文藝青年，大學讀了中文系，退休後也手不釋卷，越老越「小清新」。乘纜車上泰山時輪流高吟詠泰山的詩句還罷了，在濟南逛公園，也從出門就開始合背《老殘遊記》：「一路秋山紅葉，老圃黃花……進得城來，家家泉水，戶戶垂楊……」

到了李清照紀念館那哪還停得了？幸好小孩爭相在父母的鼓勵下像猴上樹般扒在易安居士的漢白玉雕像上拍照。待我記得的三兩句《漱玉詞》背罄告急，就做出思路被打斷的樣子埋怨：「這裡的大人怎麼不管小孩！」成功激起詞人粉絲敵愾心，順利轉移注意力，遮掩了腹笥甚窘的下情。

大陸景區雖然人多為患，古人故居無論眞假，相較清幽。像杜甫草堂擺明是考證出來賺門票的景點，可是大隱於市，交通方便。臨街是店，買票後要鑽條巷子才能入園，正好把喧囂隔絕。小小草堂本身不太講究，明式家具也搬進去賴給唐杜工部，偌大庭園卻樸素大器，漫步其中自有幽情。一間小巧清靜的書屋，還讓從來不買紀念品的本遊客，大破慳囊買了本詩選。

遊伴無端提起在山東登泰山途中，我和死黨玩詩詞接龍被窒得張口結舌的糗樣。含笑挑釁道：「來，考你，杜詩裡最好的是哪一句？」

這次我有小抄，偷偷一翻，從容答道：「寫文章勞心勞力，作者卻往往生活清貧，或者心靈寂寞。復出寫作以來，『文章憎命達』這句讓我最有感觸。下一句還對應眼前，正好送你！」

同伴請教。我把詩選朝他一遞：「請自己查。」

考我？下一句「魑魅喜人過」。大白話就是：小鬼愛看人犯錯。

（二〇一三・十・十一）

孝·肖·笑

友人異國奮鬥幾十寒暑，窮學生留成富華僑；累積的財富足供幾代安逸。他擔心兒女耽溺於優渥物質環境，失去更上層樓的動能，逮到機會就抓著兒子憶苦思甜，把自己在台灣艱苦年代成長時期所學到的傳統美德灌輸給下一代。

在外人眼中他的苦心沒有白費，兒子對父母言聽計從。可老爹不滿意，感覺跟接受美國教育的下一代有文化隔閡，饒是說破了嘴小孩也不懂「孝順」兩個字的眞意。ABC（美國出生）兒子認知的「孝順」是filial piety，直譯爲「從屬的忠誠」。老子覺得隔靴搔癢，認爲對乖兒還得加強教育。

用心良苦的老爸中英文並用地給兒子講二十四孝故事，結果不但小孩聽了發笑，連老爸也承認那些有名有姓有朝代的古人孝行楷模，現代人聽起來荒誕不經。華人孝道博大深奧，無可言喻，只能點點滴滴自行體會；可惜孝順的精髓明明溶化在他的血液裡，卻無法傳授給嫡親血脈，這成了他幸福生活中的小小遺憾。企業家放下身段不恥下問，特來請教「老作家」。

二十四孝是小學低年級讀物，時間倏忽而過半世紀，「老」作家記性再好也記不全，還有印象的一隻手數完：「孝感動天」、「彩衣娛親」、「臥冰求鯉」、「郭巨埋兒」、「恣蚊飽血」。就這記憶猶存的五個成語來看，二十四孝確實更像神話，至少不合常識，甚至產生誤導。

「恣蚊飽血」就讓我上過大當。不過無關孝順，純粹是自己「有點二」。故事裡的孝子吳猛家中貧困，買不起蚊帳，到了夏天晚上，袒胸露臂捨身餵蚊，說是屋裡蚊子吃飽了就不會去叮父母了。

有次我半夜被蚊子嗡嗡吵醒，懶得起來驅趕，迷迷糊糊之間居然想到這個故事。心想已經被咬了好幾口，蚊子該吃飽了，應可繼續睡。然而蟲蟻豈知饜足？盡信書的結果就是那夜被同一隻蚊子叮得滿頭包。這裡傻的可不是孝子，而是拿童話當真的書呆子。

白手起家的富爸爸其實擔心的也不是兒子「孝不孝？」；真在乎的恐怕是兒子「肖不肖？」——像不像老子一樣才華過人白手打得下江山？有沒有能耐守得住將來要繼承的「祖宗基業」？

「不孝」跟「不肖」一般通用。可是自我滿意程度高的父母罵起子孫「不肖」更理直氣壯：「這孩子眞不肖！怎麼就不像你爸（或媽）？」

台灣一位時人，卻因「肖」而「不孝」。這位仁兄出身三級貧戶，寒窗苦讀，一朝成名，可是地位到達顚峰後節操失守，瀆職貪污成了階下囚。此君在台上之日事貴婦岳母如親，鄉下高堂到選舉期間才忙著請安，出事後簇擁者卻常請出老太太爲之求情，按三節哭訴兒子「給人害去」。

烈士爲理想革命，牢底坐穿，啥都沒了還存氣節；不唱「引刀成一快」，也吟「秋風秋雨愁煞人」。無論英雄好漢，還是市井無賴，古今中外何嘗見過落難兒子拖老母下水的奇聞，甚至時不時娘倆還裡應外「和」，來齣你哭我鬧他上吊的拍案驚奇？

此子可謂肖，破壞寒門出賢婦「母儀天下」的佳話，讓頭巾冬烘之輩質疑家有門風、代有承傳，是大不孝！

人子無論孝或肖；走正道以顯父母，才能一門春風，祖宗含笑。

原載於二〇一三年十月十八日《中國時報・人間副刊》

世事果然難料

猶記幾年前在職場有一位甫離校門的華裔小妹妹，利用任意越級報告的公司「方便門」（Open Door）政策，跟我約了個「一對一」會談；開門見山表明來意：「人人都說大企業歧視女性員工，少數民族頭上還有玻璃天花板阻礙升遷。父母告誡我進了大公司要比白人同儕更努力。今天來就想問問，你身爲亞裔女性主管，職場生涯經歷過哪些困難？我將來怎麼避免？最重要的是你覺得還要幾年我能坐上你那個位置？」

我沒看過《杜拉拉升職記》，不過從報章雜誌上讀到的有關報導，我猜想那個作品大概能替類似的問題給答案。我常常這樣不負責任地猜測自己沒機會拜讀或恭看的流行作品，而且在熟人之間贏得口碑，如果朋友出門中斷了連續劇收看，就把前情摘要說明，讓我代爲補上，「圓」得讓她可以接下去。雖然明知瞎掰，能盡快解決懸念也是功德。不過聽眾往往一開始認眞聽講，還提出疑點，到最後發現兜不攏了也啐：聽你鬼扯不如找時間到網路上去下載來看。

電視劇隨便一演就是幾十百把集，職業婦女哪來閒暇看全？我自己向來有一看沒一看，可是累積觀劇經驗，慢說癌症、車禍、失憶的老套，甚至還魂、做夢，和憑空多出個孿生手足也尋得出脈絡。旅遊兩三個星期回來都無礙繼續觀賞。

不過這次也不過就是幾週，我卻陰溝裡翻船；再次證明人生不如連續劇有邏輯，世事豈容想當然！

明明剛出門旅遊時台灣政壇爆發的醜聞是國會議長和身爲司法案件被告的反對黨議員私下串連，涉嫌干涉司法，回來雖然還是醜聞，內容卻變成了總統和特別檢察長涉嫌非法監聽？

連續劇裡人死都可復生，現實生活中官兵和賊角色爲什麼不能互換？可是我的瞎編功力不足，想不出何以致之？只好把月來舊聞翻出捋一捋，看看這事怎麼就能從那裡到了這裡？

這一看長了見識，原來台灣執政黨的國會議長由反對黨鼎力支持，關係好有影響力的反對黨議員透過議長向政府司法主管表達對所涉案件的關切不屬嚴重違紀行爲，議長透露訴訟進度「安慰」被告是「人情義理」無需避嫌，而「做人圓融」更是社會輿論認爲比「是非分明」更高尚的品德。不過最開眼的是民間團體開除成員在台灣要由法院來裁決。

且不論干涉司法或非法監聽哪條罪更大，哪方的罪證更確鑿；家有家法，幫有幫規，國民黨開一個黨員，和蛟龍幫拔一個堂主有什麼不同？看多了武俠小說的不免臆想：哥們兒聚義堂上的事焉有到外面找衙門撐腰之理，莫非早先跟人家歃血為盟結為同志是惺惺作態？雖然現任幫主確實不能服眾，可是心繫老幫主又不跟著去，為幹堂主不講江湖道義，賴皮戀棧豈能平息爭議？

唷，殊不知「公門裡頭好修行」，懂得與人為善的公務員可不像他們的大家長那樣不交朋友、不通人情，大小事說句廢話（如「尊重司法」）之後就袖手，反而能拿出進廚房不怕熱的精神，連同類案件陳例都不參考，直接就把執政黨當成同鄉會來管它一管。什麼總統高度的大是大非？當家不鬧事才是婆婆媽媽相信的硬道理。

法官嫻熟律法卻不自囿於判例，地位超然卻不自外於政爭，兩造勸和引用插秧詩句「退步原來是向前」更是禪意充滿之神筆。法院這一場戲的各種關節作者哪怕先長得出鬍子再捻得斷也猜不到，只好返鄉隨俗，也賴一皮：世事果然難料，編小說的拜服人生！

原載於二〇一三年十月二十五日《中國時報・人間副刊》

關關雎鳩

枯坐客廳把玩電視遙控器，隨機看了一會台灣綜藝談話節目，只見六個大齡未婚的二三線演員排排坐，自陳感情歷經滄桑後的擇偶條件。其中三位男演員不約而同地列出結婚對象要「乖巧聽話」，三位女演員開出的條件也一律是「讓我寵我」。

節目只看了一小段，意見有斷章取義之嫌；樣本池也太小，基本毫無可信度。可是節目畢竟是最近錄製的，雖然偏頗的抽樣導出偏頗的解析，不過作者寫的是抒感雜文，不是學術論文，有趣比有道理重要。以致明知不靠譜，還是推出結論：台灣現代男女的擇偶條件跟印象中我老太太小姑娘時期的「古代」雷同。

個人非常幸運，在家做女兒的時候，最小偏憐，父母寶愛、兄長呵護，始終昧於台灣社會男女尊卑有別的真相。不但小時聽老哥向父母抱怨家裡女孩太矜貴，哥哥讓妹妹也就罷了，竟說兒子粗勇當服雜役：「別人家派小學生出去打醬油，我們家讓大學生跑腿！」

長大後閨友偶失小信其實情非得以，卻遭我責難，怒極回嘴也說過：「不要以爲台灣女生都像你在你家裡那樣說話算話！」

經過很長時間的沉澱，初老回想才恍然覺悟我成長的「古代」，台灣社會男女地位極不平等，歧視嚴重到影響女性就學、就業通路；不但雇主招工公然同工不同酬，大眾輿論也都毫不掩飾地重男輕女。當年女同學哪怕三甲之中，也有人回家後需把課業和娛樂活動放在一邊，家務優先；甚至習於爲家中男性成員服勞務，毫不以爲意。在那樣的氛圍下，女生自信心不足；認爲好姻緣靠男人「讓」和「寵」，可以理解。可是到了「現代」，電視上從事演藝工作的幾位老姑娘卻開出她們媽媽時代的擇偶條件，眞讓人搖頭歎息，不知今夕何夕。

老姑娘天眞，老光桿也不遑多讓。大齡男演員被主持人形容成情場經驗豐富的浪子，奔四十的人了，本業的影視代表作品欠奉，基本以在台北夜店「把妹」（從前叫泡妞）打響名號。說起來是脂粉叢中打慣滾的老手，難道不知道女人對環境的適應能力比男人強？此一科普統計結果的貶義詞是「女人善變」。客觀上的時空改變，主觀上的視野開展，都能創造新環境，改變「乖乖」。就算幸運王老五找到夢寐以求的乖巧聽話女性爲偶，今後是否就能「過上幸福快樂的日子」，還要看自己的道行能讓人家「乖」多久。須知麻雀飛上枝頭變鳳凰是不可逆轉的變化，鳳凰既出，麻雀不復存焉。現實中的例子是即使有財有勢如國際傳媒大亨，少妻的溫柔保證期也低於十四年。想是既成鳳凰高飛九天，對地上爬的當然一概採取俯視之姿，哪怕是隻金龜也一視同仁。

八〇年代香港翻唱過一首英文歌〈Strut〉，粵語歌名改叫「壞女孩」；副歌幾句利用粵語「壞」和英語「Why」的諧音而作：「Why? Why? Tell me why? 點解（爲啥）不做乖乖？」歌是上世紀的老歌，可是從電視談話節目的小小樣本池看來，台灣男人到了本世紀還在問 Why？

（二〇一三．十一．一）

搞文藝的

退休前任職的跨國公司人事部門在外派主管履新前有專人培訓派駐地風土民情，小題大作地把常識當知識講解，像是印度某些地方搭配「同意」的身體語言是搖頭，或者女性到沙烏地阿拉伯不要自己駕車之類。

當年到滬上任自然謝絕了這項服務，卻還是收到了一份活像網路俏皮話的電子講義以備參考，例如：在中國「有關係」就「沒關係」；「沒關係」就可能「有關係」。「關係」二字還特別用拼音標示，看來是借機傳授外派老包幾個關鍵中文詞彙。

講義上最後一頁「英翻英」講言外之意，令人莞爾，到現在還記得幾句：

「交貨期有點小麻煩……」是想告訴你「公司要求的這期限是開玩笑！」

「不容易，只能盡力而爲……」是想告訴你「很難！可能要搞砸！」

「項目不熟，可以試試看……」是想告訴你「不會做，有風險！」

拙作《民國素人誌》簡體字版北京送檢越一年通過審批。出版方告知終於拿到許可證的好消息：「改動不多，就是有些名詞要加括弧，還有『民國幾年』要改西元，我們爭取到保留民國三十八年之前不改。除非你要再看看，否則編輯部處理好了直接就送印刷廠。」

當然不看，看了也白看，平白耽誤出版流程。雖然去國久矣，進入新世紀後我好歹在上海混過幾年，去之前還看過電子講義，馬上道謝，慶幸書名上的「民國」沒讓刪。

不知道在哪聽說過替政府審查創作傳媒，把關人民思想的都覺得自己是搞文藝的。

身爲作者，一旦有機會再讀自己寫的稿子，也會忍不住要增減字句。審查官既是搞文藝的，看見「同行」作品覺得要改，也是人之常情。尤其人家還有職責在身，不比作者被如豬油一般，無中生有的創作蒙心，想不到眞實世界裡有多少大陸讀者看到「民國」二字就會緬懷前朝、生出異心。

我對政治沒有研究，不好瞎說，不過兩岸當局長期自認漢、互稱賊，誓言不兩立，行事風格給小民的主觀感受卻多有雷同也是巧極。

根據粗淺的個人觀察，單就兩岸在思想教育方面來看，雖然開放上有先後快慢，執行面基本一脈同源，在在證明兩岸同宗。

作者還是台灣小頑童的時候，*Time Magazine* 上的毛像要先把臉塗黑才送到訂戶手上；

到我長成台灣小姑娘主編兒童雜誌，美工要替小讀者投稿畫的五個角星星加個角，變成六角星才能發表。

我的大陸生活經驗有限，說不出個名堂，只知道常造訪的上海雖然是國際化大城市，可是上網想「估狗」常只得「百度」，歐美和台灣的中英文媒體網站基本打不開，境外的電子郵件傳送或下載也慢如牛步，更甭提出版物要先審後印。

光陰倏忽而過，當年的台灣小姑娘告老還鄉，發現大陸一般百姓看不到可是全球各地都放送的鳳凰電視或者CCTV海外頻道在自由寶島同被禁止。兩岸對峙逾一甲子，隔絕近四十年，「搞文藝的」卻能不約而同在網路時代堅守中華封建愚民道統；他們擔憂民智開啓的鎖國忠心穿越時間和海峽默默交集。

（二〇一三・十一・八）

跟錯老闆

打從學齡前起，先父就諄諄課女：「舜何人也？予何人也？有爲者亦若是！」可是大人們自己聚在一起吃飯、喝茶、嗑瓜子閒聊，卻常不經意地讓小丫頭聽見他們感歎某人才高八斗卻因爲「跟錯老闆」倒了大楣，或者某人無才無德，飛黃騰達只因「跟對老闆」。

人生要「跟」個什麼人來決定際遇好壞的觀念，和父親對我自小的教誨完全牴觸。「老闆」填入上述金句不就等同「舜」？見賢尚待思齊何況看到個「老闆」！老闆有啥大不了？如果羨慕，立志「亦若是」才對不是嗎？至於「嫁漢嫁漢，穿衣吃飯」那就更等而下之，不但性別歧視，簡直太沒志氣！女兒謹守父訓，高調唱入雲霄，我老媽當年就算想過結門有錢親家，大概也不好意思提起啦。

冒失娛樂記者問女明星腦殘題：「想不想嫁入豪門？」已經名利雙收的美豔紅星說：

「啥豪門？我就是豪門！」

好樣的！答得有氣魄，是聖人言的娛樂界女版實踐。

娛樂業習於量化人生價值，尤其傳媒影劇欄目與人爲善，不吝濫用名詞；開飯館的到了娛記筆下都是「企業家」，小寓公成了「大地主」，三房公寓地段方便就被稱爲住擁「豪宅」。雖然銅臭味重了點，卻好歹有個判斷準則，就是一切請出「孔方兄」。

搞政治就複雜了，富不是，窮不是；壞不是，笨也不是；黨不是，不群也不是。到小丫頭活成老太太才算領悟了「跟老闆」之眞諦；原來當時幼小，不辨身教之重於言教；成年人的理想往往來自於生活中的遺憾。

新聞報導法院找老馬哥去爲國會被監聽的醜聞作證，將來任滿還可能被當成洩密共犯起訴，據說這一切與他老兄主動拿出兩份結案前下屬所示國會議長干擾司法審判的公文有關。

講到法律恕我無知，只能談談我所了解的工作倫理和常識。美國企業裡有大事，下屬一定先向老闆透露消息，英語叫給個「苗頭」（Heads Up），事發初期資訊不全，一切還在琢磨，不算「打報告」，只是探探風向，確認下一步的行動眼下有老闆背書，將來可望主力馳援。這種不成文的默契只能算是工作「態度」，不是標準流程ＳＯＰ。「苗頭」的必要在於即使分層負責，最高長官都是那個要負終極責任的人，除非特殊理由需要迴避

（例如上司本人涉嫌重大），一般會爭取在第一時間用非正式方法層層提點「苗頭」，某種程度也是拖上司下水，否則當老闆的盡可像「速食麵四兄弟」那樣，公司拿低價油混進高價油裡賣了六年，大發黑心財，還一邊鞠躬道歉一邊說毫不知情。

不過沒人信，都覺得負最大責任的老闆怎麼可能這等大事都搞不清楚狀況？台灣公務員的大老闆則另闢一徑，讓人不得不信他眞搞不清楚。挨罵、道歉、哽咽、躲鞋不過個人修養，練得再熟也無濟於國計民生。做什麼像什麼，當老闆就像個老闆；目標明確、高瞻遠矚，找對的人才、組強的團隊，激勵士氣、愛護下屬，遇事秀出肩膊頭，別讓身邊的人一再演繹「跟錯老闆」。

原載於二〇一三年十一月十五日《中國時報・人間副刊》

花式摔跤

出版拙作《民國素人誌》簡體字版的北京新經典文化公司趁我歐遊歸來在上海「過境」的短短幾天安排了四家滬上媒體輪流專訪。幾位記者都是小兒大威哥的年紀。當年兩岸一通不通，在台灣下筆提到對岸稍有不慎就會被「搞文藝的」單位請去「喝咖啡」。老太太半甲子前靠連得島內小說獎出過幾天風頭，接著當了多年文壇逃兵，台灣文學界現在說起天寶年間遺事都鮮少有人想起「彷如流星」的這一號，對岸小朋友們自然更不曉得受訪的是哪棵蔥？可是會面之前做足功課，不但對於《民國素人誌》書中描述的那個因中國內戰以致他們曾、祖父母顛沛流離的時代表示了高度的關注和興趣，對陌生作者停滯長達三十年的「休耕期」也感好奇。殷殷垂詢。

他們的熱情眞讓我希望自己也能有點什麼離奇的故事可以拿出來說說，起碼要讓人回去有材料好寫，然而想來想去乏善可陳。

照說活了一把年紀，人生總有高低起伏，小說中悲歡離合，作者本人豈可無有傳奇？中學時候讀到一句五四時代作家寫的彆扭白話片語：「無可救藥的童騃性樂觀主義」。一開始看著覺得「不像人話」，年長才體會；生性樂觀的人更願意相信關上的門後是扇開啓的窗。命運被個性左右，就像閩南俚語促狹地稱天生皮膚黑是「黑肉底」，搽粉也白不了，具備「無可救藥的童騃性樂觀」的人有過苦大仇深也都記憶模糊，偶遇的慷慨豁達卻感動難忘；哪怕走在伸手不見五指的隧道裡也覺得遙遠盡頭有亮光，很難對人生絕望。

聽見記者羨慕我現下讀讀寫寫吃吃喝喝走走看看，我就驚覺自己是否高調得過了頭？卻又實在想不起，也講不出這樣的生活能有什麼委屈。無奈只好舉起右手宣示：「人生在世哪有不磕磕碰碰的？只是表面上看不出來傷痛。你看我坐在你前面完好無缺，沒想到這手肘裡有根剛斷的骨頭吧？」

雙子城布達佩斯很美麗，可是古城石板路高高低低，粗心遊客左顧右盼貪看風景，一不留神踩在個坎上失去平衡，臉朝下摔了個「狗吃屎」。當時痛還其次，大街上摔得如此狼狽，眞是恨不得馬上昏了過去免得要腆顏爬起。然而畢竟出糗事小，受傷事大，中斷旅行更要增添遺憾。我決定鼻青臉腫地捧著斷臂繼續走下去，按計畫從東歐到北歐再到西歐，最後取道中東回亞洲，一個行程沒落。

平衡感忒差，跌跤是家常便飯，摔得多了摔出各種花樣：出發旅行前在台北因爲店家沖洗地面造成路滑摔過「元寶大翻身」，在布拉格皇宮花園裡散步，小徑初雨，濕漉漉的碎石路上來了個「單膝滑壘」。不過這些都比不上幾年前從樓梯上一腳踩空的「凌空微步」傷身，那次拄了一年枴杖，動了兩次手術、斷續用了三年殘障停車牌。從小到大我摔了不知多少跤，「步步驚心」是生活中每天面對的挑戰，可是這樣遍體鱗傷並不能滿足讀者的獵奇心理。華文女作家沒有愛上漢奸、嫁過混蛋、流浪沙漠、不是蕾絲邊，何以爲文？

性別平等在中文寫作這行看來還有漫漫長路。

（二〇一三・十一・二十二）

誰是老闆

在台灣一群人圍坐閒聊不罵老馬哥幾句有跟不上潮流的嫌疑，大家爭相發言以示自己不落伍：

「……好事就爭功，出錯就諉過，一點肩膀都沒有！」

「丁父憂的時候，有缺德的說他老頭子生前認的不是乾女兒是幹女兒，那人任教的大學表示為人師表言行失檢不好續聘，做孝子的保持沉默也就是了，偏講些高風亮節的話，做出以德報怨的樣子，學校為避拍馬屁的嫌疑，只好自降標準撤回成議，留任粗口教授。是非不明到先人挨罵還故示大量，這樣威望盡失有誰不罵？」

「那算什麼？替他打天下的人，上台以後連句謝謝都沒說，前任用的裙帶私人即使不適任，怕被人說『算帳』就繼續留任。跟了這種仇友畏敵專會撇清的老闆，只能燒高香自求多福。」

老哥卻獨排眾議，說老馬哥求仁得仁：「他想團結台灣做到了，現在不分藍綠齊心反對政府；他堅持當全民總統也做到了，果然是全民都罵的總統。」

耍貧嘴誰不會？好友別出心裁，也怪老馬哥「跟錯老闆」：「他太太怎麼搞的？都不管他！」

我發出正義之聲：「誰是誰老闆？都是成年人，夫妻也無權互相干涉。」

女人喜歡爲難女人又一實證；好友強辯：「你不管老公我信，起碼我看你跟他講話客客氣氣。可是人家是拿錯瓶水、上樓走得太快都要當眾給臉色的。那對夫妻之間誰是老闆還不明顯嗎？只顧自己做好事、說好話、玩低調，卻眼睜睜看著丈夫被人當丟鞋靶子也不吭聲，獨善其身是好老闆該做的事嗎？」

我一度以爲男人懼內的唯一出發點是「愛」——愛得由妻管頭管腳、任打任罵、做牛做馬，後來不知從哪本閒書裡讀到懼內分析，說是怕老婆分三種：勢怕、理怕、情怕；以現代用語說起來可謂是：夫人實力派、賢妻聖人派，和心肝寶貝派。

《笑林廣記》是我的床邊讀物之一，裡面有關懼內笑話的女主人翁都是上山能打虎的狠角色，應該屬於實力派。笑話三言兩語著重畫龍點睛，除非拿歷史人物尋開心，否則看不出悍妻是不是有財有勢靠山硬，卻讀得出那些惡整丈夫的女士面目猙獰，蠻不講理，身爲相信男女平權的現代女性看了實在笑不出來。

有位懼內的朋友替自己開脫：「照太太的規矩辦事，聽太太吩咐生活那不叫怕，那是尊重。」

老闆令出得行除了下屬尊重，還要下屬有執行力。老馬哥的老闆品行高潔，潤物無聲，除了不許拿錯水瓶、上樓要等、紅豆餅不能吃多之外，外人不知道她對自己的「下屬」還有些什麼其他指示？不過人和人的關係如果有主從之分，也就有上司領導無方、指令不清，或下屬力有不逮、陽奉陰違的可能，出了狀況難以釐清孰令致之。

不過老馬哥的老闆行不改名，也不像前朝阿珍那樣空有親民的名字，還是有當夫人的心思和開後門的作爲。共產黨早改稱同志，大約不會走回頭路了，勿論。民國的「夫人」看來可終結於「馬夫人」。如果其然，也算承襲辛亥百年以來「尚未成功、仍須努力」的革命精神，爲掃蕩封建陋習做出了貢獻。

（二〇一三・十一・二十九）

輯四

銜泥兩椽間

白日依山盡

花半年遊歷四方，甫歸來死黨就怨：「出去玩了那麼久，也沒看到遊記，也沒聽到趣聞，連照片都沒拿出來看看。到底你跑了那麼多地方，對我們這些朋友有什麼貢獻？」

「奇怪，人家曉雲出去旅遊幹嘛要對我們有貢獻？」有人講公道話。

不過想想也是，按下「正常生活」的暫停鍵，在世界上兜了一圈，別說對朋友沒有貢獻，連對自己的貢獻也不知何在？捫心細想，風塵僕僕北到奧斯陸南到雪梨，拉箱拖壞了一只，鞋子報銷了兩雙，手肘骨跌了個終生裂縫，可是走馬看花，除了以後老哥吹牛的時候能插上嘴：「那裡我也去過！」還不如坐在家裡客廳電視機前收看探索或者地理頻道更來得增廣見聞。

以前我怕人家問我最近看了什麼書，環遊世界歸來，增添一條，怕人問哪國好玩？

朋友曾在美國東南一隅經營中餐館，主要客源是「非華人」，遇到同胞上門，常語帶

在雪梨任何角度拍攝都會入鏡的歌劇院建築。

歉意地解釋：「你知啦，我這裡是給番人食的……」

可是各花入各眼，她的餐館在猶太社區做出口碑，有許多「粉絲」。有次一位久違的熟客回流，老闆上前寒暄，問客人怎麼好久不見？客人說自己去了中國旅遊，那裡的「中國菜」做得差，朝思暮想她館子裡的菜，所以一回來就趕快來報到：「因爲太久沒吃頓眞正的中國菜了！」

美國在奧蘭多的迪士尼世界占地很廣，內容比其他各地規模較小的遊樂園豐富，可算是集團「旗艦店」。愚夫婦住在佛羅里達州的幾年一則還是玩心甚重的年輕夫妻，二則常有朋友到訪需要導覽，因而買有年票時不時去一趟；很多人畢生一遊的勝地，有幸成了自家的後花園。尤其裡頭一個萬國博覽展區，因爲排隊的人相較其他區塊爲少，提供的飲食花樣也較多，只要去了從不錯過，看得多了也像猶太老先生吃中國菜，覺得只有美國東南小鎮上澆了大量現成醬汁的才是正宗；先入爲主，眞假難辨。小夫妻成了老頭和老太才有機會去到俄國、東歐、北歐實地造訪，可是走到哪都感覺似曾相識，身在如畫美景的歷史情境中，不約而同想到的竟是當年流連過的人造模擬小世界，兩人中總有一個煞風景地先說出口：「像是放大的成人版迪士尼世界……」

當然音響再好也不是現場表演，坐著馬車在陽光下的迪士尼樂園裡繞圈圈，跟在東歐老街的石板路上頂著星光吹冷風的滋味也大不同。朋友一定要問布拉格有多浪漫？我卻煞風景地只記得在那兒看芭蕾舞劇《天鵝湖》的事：本來的計畫是在聖彼德堡的百年劇院看場芭蕾附附風雅，卻不知要在半年前訂座，自然沒戲。一週後在布拉格散步看到街邊小劇院上演同一劇碼，當晚交響樂席還有座，趕快買票。入場後發現右邊是加拿大來的，左邊是大陸來的，全是觀光客。王子出場時瞬間閃入腦海聯想到的竟是英國那位從青年等到老還沒繼位的王儲。幕落觀眾熱烈鼓掌。同伴一面拍手，一面附耳過來自以為悄聲地道：「大概從冷戰結束前就入行開始練習了，東歐隨便一個小芭蕾舞團都能跳出這麼高的水準！可惜王子禿、天鵝老，不忍心看，只好閉上眼睛聽柴可夫斯基。」

我忍住竊笑，心想：老先生又在為自己看芭蕾打瞌睡找藉口了呢！

（二〇一三・十二・六）

獅兔同籠

有讀者留言請作者爲文談談「美國民主制度下的夫妻相處之道」；他說就像台灣第一家庭，自己「也是獅子老闆跟兔子夥計的關係，想知道一下咩」。

一般認知中咩咩叫的是羊。不過兔子和獅子進了一個籠子還能發出聲來已屬不易，情急之下做羊叫豈忍苛責？

無論哪國、什麼制度，夫妻相遇都是緣分，相處都是學問。我素來相信活到老、學到老；人生充滿變數，蓋棺也難定論。現代人長壽，我這才初老，如果雙雙身體健康，夫妻相處之道還很長遠，幸福的鑽石婚夫妻世上多有，報上才剛報導過美國有結褵六十五年，同年同月生老夫婦手牽手同日歸西。人間多少恩愛一生、白首偕老的模範夫妻，又有多少著作等身的「兩性問題專家」，哪兒輪得到作者這種腹笥有限、學徒級別的說三道四？

人生好賴只能活自己一份。生活歲月靜好，我的心裡卻不安分，常常幻想別人那份日子的過法，也因此發展出寫小說的嗜好；對不明就裡、此生無緣經驗的人、事、物好奇，就算沒有讀者垂詢，也早對「母獅公兔」一類的夫妻關係加以關注和感到納悶。

試想論膂力，很少女人打得過男人，「打老婆」是某些地方的「風俗」，「打老公」是《笑林廣記》的選材。現代家暴法雖然男女公民適用，立法精神始於保護受虐婦孺，爲何古今中外總不乏男性自認跟妻子在一起是公兔伴母獅？

友人曾笑論一老友對妻之敬意聞聲如謁，人前人後表現一致，絕不因沒照面打折；話說多年前某日三位男士在這位仁兄家中後花園裡喝咖啡聊天，四周綠樹香花、風吹草動，未見河東獅蹤，忽聞屋內連名帶姓一聲喊，被唱名的男主人立馬站起來大聲對空答數：「有！」兩個客人受驚之餘，面面相覷，相互疑道：「今麼啥情形？阮咁愛架企立？（現在什麼情況？我們要不要起立？）」

還有位熟人一日找了住附近的老友到家裡玩牌，其中一咖（腳）的太太堅決反對狐朋狗友聚賭爲戲，此公找了藉口溜出家門參加。雀戰方酣，忽然聞報那位太太正向熟人家方向施施而來，事主驚慌非常，眾人感同身受，趕緊七手八腳把牌桌撤了，慌慌張張跟著老婆來抓賭的牌友躲上陽台。主人事後大笑自嘲：「又不是我們的老婆，跟著躲什麼躲？我那個陽台大概二十年沒人掃過了。髒得來！」

時光流逝，人生肥皂劇轉眼來到下半場；對老婆大人「尊重」得成為無良友朋茶餘飯後談資的男士，一個破財分家贖回自由，走人後已經找到第二春；一個跑不掉躲得起，雖然夫妻還坐一張桌上吃晚飯，夜裡各睡各房，婚姻名存實亡。

古詩有云：「結髮為夫妻，恩愛兩不疑。」無論勢怕、理怕、情怕，在應該因愛而生的家庭裡誰怕誰，怕都難以為繼。其實世上物以類聚，能在一個籠子裡待下去的不是兩隻獅子就是兩隻兔子。可是如果其中一隻產生幻覺，非認為是獅兔同籠，學羊叫可解決不了問題；感到怕的遲早要跑；跑不掉也心向籠外。所謂魔由心生，根治之道還在消除幻象，至少拎拎清楚跟自己在一起的到底是獅還是兔？

（二〇一三・十二・十三）

宮本決戰佐佐木

作者不揣淺陋，妄臆夫妻關係若如「獅兔同籠」，弱勢一方不逃即死，公兔何能長伴母獅？「一床被不蓋兩樣人」，應是自認公兔的鬼遮眼，攜手入籠就是同類：要不是雄獅認知錯亂瞎裝公兔，就是雌兔認知錯亂自詡母獅。

結果不但親友有異議，讀者也賜予反響，撂了句日語對照中譯：「不作死就不會死，爲什麼不明白？」

明白明白，哪會不明白？作者混博士班的時候修過三學期日文，以前還編兒童雜誌，到現在都不大好意思招認的幼稚興趣是看東洋漫畫和卡通影片。有次乘飛機放棄機上提供的娛樂節目，點出 iPad 上兒子送的聖誕禮物《降世神通》卡通影集看得聚精會神。忽然一隻耳機被人輕輕抽起：「咳，難怪叫也聽不見！」頭上聲音隨之驚呼：「啊！還以爲女作家多有深度？居然看這個！」原來遇上了死黨的空服員表妹。

「不作死就不會死，爲什麼不明白？」出自多年前的日本卡通片對白，後來成了網路名言。「作死」是俚語，意爲「自尋死路」。公兔在母獅的眼皮子底下生活，時時察言觀色，做小伏低，避免觸犯天條，算是求生有道。我回想平生見過的幾位懼內大丈夫言行，感覺這話不無道理。

不過我還是覺得獅籠裡住的就是兩隻獅子，只是其中一隻老裝兔子，時間長了，哄得另一隻以爲自己是籠裡唯一的大王。又或者裝腔作勢的那隻弄假成眞，心理產生變化，明明外型還是隻獅子，卻連吼一聲也聽著像個「咩」了。

其實夫妻有緣該恩愛，男女相知應相惜，何必要分高下主從？爲了在籠子裡當家做主，爭一輩子也未必分得出輸贏；更何況，笑到最後的不一定就是贏家。

老哥是日本武士片影迷，我小學的時候就跟著他看過全套《宮本武藏》。記得完結篇裡宮本武藏和佐佐木小次郎在海邊決鬥，功力難分高下的兩人纏鬥了一整天，最後宮本武藏利用太陽反射在武士刀上的強光照花了敵人的眼睛，抓住機會，集中全力，躍起劈下關鍵的一刀。

導演故弄玄虛，刀光過後鏡頭久久停在佐佐木小次郎面帶微笑的臉部特寫……

老友沒有會帶小學生妹妹去看日本武士片的大學生哥哥，來到青春期時台灣又禁映日片多年，成了留學生才在美國校園裡的經典外國語影片展裡看到早「劇透」得毫無懸念的《宮本武藏》；據說周圍同胞觀眾的反應可比老片子精采得多：

只聽得前排忽有一活寶觀眾驚呼：「咦？到底是宮本武藏贏了，還是佐佐木小次郎贏了？」

鄰座同伴說：「當然是宮本武藏贏了！」

「佐佐木小次郎輸了？那他爲什麼要笑呢？」活寶觀眾問。

鄰座嚴肅地加以分析：「因爲他以爲他贏了！」

後面的博士生忍不住了，站起來開罵：「馬的，肚子上一個洞他以爲他贏了？拜託有點常識好嗎？肚子劈開了會痛的知不知道！」

……鏡頭拉開，佐佐木倒臥沙灘上，周遭潮來潮去，浪花輕柔，一派寧靜安詳；宮本站立淺水中，夕陽拉長孤影，如喪考妣，落魄更勝輸家。

哥倆決戰多少年（集），等到一方倒下，故事這算講完了；片子再沒續集可拍，演員都要回家吃老米飯了。

（二〇一三・十二・二十）

銜泥兩椽間

美國中產階級爲了在職時收入較高避稅、度假，或者將來子女長大後「縮編」（Downsize）、退休老病需要親人就近照顧，以及林林總總理由，常在價格相對便宜的其他城市置辦一處「第二家」（Second Home）；起碼這是我滯美幾十年之間看到「前輩」們的做法。

開始有退休念頭的時候，沒想到「葉落歸根」，反而因爲我居住了幾十年的北加州稅率和生活指數在美國名列前茅，就找了個不收地方稅的地方當「第二家」；如果適應順利，將來也打算在那裡頤養天年。

結果當然是計畫趕不上變化。復出寫作以來，又覺得住在家鄉好；不但有熟悉典故的老哥可就近請教，與少時好友重拾友誼既不寂寞又激發創作靈感，於是在台北的時間越來越多。美國的「第二家」就「出租」給了碰巧畢業後決定到那兒去實習的小兒大威哥。

父母常在旅中，剛自立門戶的大威哥今年擔起舍下在美的「爐主」重任，從十一月底美國感恩節開始的節假日期間招待全家；一家四口到他那集合，小家庭大團圓。

父母高興極了，總算不用費事把那棵年年裝了拆、拆了裝，比小兒子還老的八呎聖誕樹從儲藏室搬進搬出了。猶記幾年前小威哥上大學，父母初入空巢，老媽盤算過節的時候全家團聚不過三五天，提議省略聖誕樹。很少抱怨的小威哥哭喪著臉說：「沒有聖誕樹哪像過節？」老媽只好收回提案，搬出全套家私，結果家裡壯丁走後沒人幫著收拾，聖誕樹在客廳裡放成了「情人樹」，到二月中都還沒收。朋友過訪，笑道：「你們這家也太懶了吧，是打算擺到年底不用搬進搬出好省事嗎？」

美國家庭在感恩節過後，全家出動去白雪覆蓋的林子裡合力砍回一棵聖誕樹是很重要的家庭活動，創造的是成年後對原生家庭的溫馨記憶。樹上的小裝飾往往也有來歷，到了大家擺弄樹的時候，家中老奶奶、老爺爺要跟兒孫輩細數：噢，這是我和你爺爺在瑞士度假買的；喔，這顆松果是丹佛山上你曾祖的老木屋旁撿的。

可是我們是缺乏宗教信仰的台灣留學生雙職工移民家庭，等到有了小孩才匆匆入境問俗；家裡的聖誕樹是在百貨公司裡買回，只有樹幹是眞木，乾燥針葉中藏有小燈泡，連松香噴劑在內，一切裝備齊全的「仿眞樹」。小家既已空巢，假的就不該再年年拖出來充數了吧。

大威哥感性地道：「這半年來我又要上班，又要自己一個人打理一間獨立住房，才知道從小到大你們給我們一個舒適的家有多麼不容易。逢年過節聚餐、請客、買禮物、裝點聖誕樹對你來說都是額外的工作。」

兒子長大會安慰人了。老媽百感交集：是呀！父母有如燕雀「銜泥兩椽間」，高飛離巢的小鳥終於能體會「當時父母念」了。

正在沉吟如何用大白話來向兒子說明這番心聲之時，只聽大威哥話鋒一轉，且要老媽不必妄自菲薄：「假樹繼續堅持下去也會成爲家庭傳統。而且只有我們知道你買現成的聖誕樹是爲了偷懶，別人說不定以爲你是環保先鋒。」

（二〇一三・十二・二十七）

兒子家

二十幾年前先父來美探親在舍下小住，下班後我常講些趣聞逗他老人家開心。一次閒聊提到某位與他有一面之緣的老美同事忒有孝心；他家小屋換大屋，碰上房地產不景氣，舊屋一時賣不掉，無償讓父母居住：「都說這人難得，不跟爸媽收房租，孝順！」

我老爸聽了趕忙捂住嘴，怕笑太用力鬆動他正在換裝的臨時假牙：「哈哈哈，不收爸爸媽媽房租！」

日後他幾次把洋人孝順的指標是「不向父母收房租」，當成美國趣譚在茶餘飯後轉述給他的友人。當然這也證明父女之間一點小心眼都沒存，這類題材可不合適在翁婿或婆媳之間拉家常。

父女拿洋人親子之間明算帳的風俗談笑那時，小兒大威哥才蹣跚學步。時光飛逝，當年黃口小兒已經參加工作，在老父膝下沒話找話瞎扯娛親的少婦也已經是退休老太，到處雲遊，四海爲家。

密集的旅行讓老太覺得今年沒力氣準備過一連串的洋節了，就跟大兒子打商量，讓他來接手。大威哥一口應允，弟弟小威哥也無異議，一家之主的老威哥最後拍板：「今年到兒子家過節！」

說到「兒子家」要打括弧，因爲大威哥號稱是「承租人」，房東就是父母。

小兄搬進父母的「第二家」當房客以來諸多抱怨：主臥房要求換裝地毯，否則地板冰他尊足；熱水遊池虛有其表，電燒了一整天還冷得他下不了水；景觀大窗缺少窗簾，在客廳打遊戲機光線刺眼……可是最重要的「房租」卻始終停留在協商期；而且從他最早慨然承諾的「負擔包括房產稅在內的所有開銷」成功殺價到「只付園丁工資、管理和水電費」。

事實則是迄今爲止，聲稱要代付的開支都還從原戶頭自動扣款，兒子付房租一事止於口惠；如果不憚粗俗，用現在的流行語來說，他那些承諾都是「在喊爽的！」

即便一切有待落實，親友卻已表示不以爲然：「開什麼玩笑？跟兒子還收房租？人家剛剛出來做事耶！」言下之意小朋友成爲社會新鮮人，不再向父母伸手，應該予以嘉獎，爲人母者不包穿衣吃飯找媳婦已屬不負責任，居然還不打算提供免費住房？

大威哥居住的社區年關前發出最後通牒：現住戶遲遲未提交有效租約，車上社區大門通行磁卡暫被註銷。在租約副本入檔之前，不但每次出入需要登記，除了健身房以外的居住人權利也要暫停，請他趕快補齊文件。

屋主趕忙去電情商：「房客是我兒子……」管委會禮貌地說：「眞是罕見的好父母！社區規定成年人如非業主，就需要出示正式租約。這完全是住戶的責任，我們會直接找當事人解決問題……」

我想起大威哥小學時上學遲到，老師予以警告，小孩辯稱自己起早等待，全受當司機的媽晏起拖累。老師說：「上學的是學生，不是家長。不遲到是你的責任，不是你媽的責任。我只唯你是問。」

美國的教育體系和社會制度一以貫之，橋歸橋路歸路，父母子女各行其是。成年人住房付費在他們是理所當然，無關乎親慈子孝。

（二〇一四・一・三）

狐蹤

「兒子家」的後院正對社區高爾夫球場。用水澆灌出來的人工美景經過時間洗禮，眞亦假來假亦眞；從景觀大窗望出去，視線極少屛蔽，綠草如茵，果嶺青翠，一潭清澈小湖穩坐綠意之間，水邊幾莖蘆葦隨風飄動，天際則是形色奇幻，恍惚隨時會有不明飛行器現蹤的沙漠紅雲。眺望之際，被矇騙的眼睛只見賞心悅目一片「大自然」。

做客和當家的感覺眞不一樣，早早起來端杯咖啡坐看風景，不忙去想還在沉睡的家中幾位「爺」，今天誰會想吃什麼當早餐，只消靜候「主人」起床款待；大威哥喜歡替全家做早飯，客隨主便，老媽不跟他搶。雖然這一家子多半不會承認，主婦自己可感覺替他們當了多年老媽子，怎麼也該是時候輪到我做幾天甩手老太太了。

說是看風景，其實更是在期待著那隻狐狸的出現。這幾天牠總是在晨曦中來到，拖著蓬鬆美麗的大尾巴，散發著神祕的魅惑。以前老聽說「紅狐」，可是在美洲西部各個國家公園驚鴻一瞥過的幾隻毛色都更近金黃，只有這隻，在清晨初露的陽光下，還眞是波爾多酒在瓶中的紅。

湖畔有一群顯然早已紮寨安營住下的野鴨；我猜想牠們跟這個社區裡多數的住戶一樣，都是爲了躲避冰雪而來的候鳥，等待天暖之後又要飛回北國避暑。牠們年年來此過冬，卻分不清人造的高爾夫球場和天然憩息保護地的不同。不過住下了也就住下了，這裡的人崇尚保護動物，尤其不好野味這一口，可以確保牠們家宅平安。而且野鴨體型頗大，看來並不好惹，可是鴨群中有些小隻的也許是在地出生的新成員。是牠們引來了狐狸嗎？

晨曦中的紅狐總是不疾不徐地走在綠草地上，牠應該目標明確，卻佯裝步調從容，一點不露殺伐之氣，好像只是出來晨跑。野鴨也鎭定非常。隔著雙層玻璃，我看的是默片，聽不見呱呱聒噪之聲，可是只要憩息在湖畔的鴨群緩緩起身，搖搖擺擺地全數走進水裡，就知道狐將現蹤。

狐狸接近，群鴨下水；明明性命攸關，雙方卻都從容不迫。奈何不了水中獵物的狐狸不奔不馳，連駐足張望亦不屑，驕傲地昂頭挺胸繼續既定的步調，直到消失在窗後窺視的視線之外。

我天天爲看這同一幕默劇早睡早起，有天一覺醒來太陽已高，還小小懊惱了一下。忠實的觀眾未必在期待一場食物鏈上的血腥殺戮；我在等什麼呢？

「不知道！如果不是退休症候，就是個哲學問題！」大威哥把炒蛋從平底鍋裡分到媽媽的盤子上，「不過保證那是隻聰明的狐狸。以這球場上老先生們的球技，牠如果出來晚了，抓到鴨子之前就被高爾夫球打昏了。」

大威哥的總結讓我腦海中那隻優雅的紅狐立刻成了頭上金星亂轉，腳下站立不穩，鴨子沒到口反而被球打得一頭包的滑稽卡通。

兒子小時曾經顯露繪畫天分，創作過一系列自己命名爲「肥皂超人」的漫畫；喜歡卡通的媽媽激賞之餘不敢埋沒，百忙也帶著他到處拜師上課。面前談笑風生的青年此刻卻已忘卻前情，世上只剩我替他牢記著那個曾經陪做過的天才夢。

（二〇一四・一・十）

攬鏡看愁髮

聽信哥哥吹噓自己光顧的髮型師手藝高超，大威哥理髮的時候弟弟小威哥就跟著去了。

哥倆出門個把鐘頭後，大威哥給老媽手機發了條短訊：「弟弟坐在理髮椅上面現愁容。鬢邊遭剃光。回來看見務須鎮定，免得他傷心。」

劇本都先送來看了，當然配合演出。可是兒子導演大概還是覺得老媽的表演不夠到位，台詞不夠熱情，就自行做球招徠：「不錯吧？蛤？換個造型人就不一樣了！」

雖然強人所難，我還是做出不無同意的樣子，起碼忍著沒出言批評，威爸卻有話直說了：「你弟弟還是長頭髮好看。你自己喜歡水手頭，幹嘛要人家也剪一個？」

大威哥喊冤：「我早就說過那家只剪一種頭。是他自己要去的！那裡的客人從八歲到八十歲出來都是一個樣。」

小威哥善良，雖然明顯不豫，看到哥哥爲他遭受責難，也就出面緩頰：「再上多一點頭油也許就好了。」

「頭髮長，上油還能梳個『歐陸八股』（日本外來語 All-back 之台語發音）。這麼短，上再多油也只能讓中間立起來，像隻公雞。」憋了很久，我還是笑出了聲，「不如紮起，兩鬢西瓜青皮，中間一束，做個日本武士頭造型還能醜得與眾不同。」

大威哥聞言佯怒，抱怨媽媽專講自以爲幽默的刻薄話，說當我的小孩稍微欠缺自信就挺不住，還好他老弟跟他一樣聰明好看，否則早被我給毀了。

小威哥忙打圓場，笑道：「看慣就好了。謝謝媽怕我將來跟心理醫生沒話聊。」一面躲進浴室向頭上沒被剃掉的部分抹油，期盼挽救一二。

好事的哥哥和媽媽跟著擠進浴室出主意，三人一起照鏡當小威哥的「後座駕駛」：「這邊，不，那邊……」

剪剩的頭毛就中間一墩，抓這撮歪那撮。大威哥安慰弟弟：「等三個月就都長回來了。」

小威哥不放棄，留在浴室裡努力梳頭。哥娘倆走到弟弟聽不見的地方，大威哥說出實際感受：「我都忘了自己不是平頭的樣子了。怎麼這個髮型到他的頭上看起來就是怪？整個頭像塊肥皂。」

我問他記不記得自己五、六歲時畫過的「肥皂超人」漫畫？大威哥說不記得了。

他小時候洗澡總把浴室弄得一地肥皂，受到家長警告：會害人踩到摔跤。頑童因此得到靈感，畫了一個頭是肥皂的超人，獨門武器是小塊肥皂，擲出就能讓壞人摔個四腳朝天。

「你還好意思說他的頭像塊肥皂，不就你領他去剪的？」把忘卻的童年瑣事講給兒子聽後，老媽繼續數落：「弟弟成了肥皂超人，下面三個月交不到女朋友了。」

「他沒剪頭髮也沒女朋友。」大威哥強辯，「我是看卡通和畫漫畫長大的，他是打遊戲機長大的。他們九〇後的社交都在網上，不交『實體』朋友。就像你的人生經驗對我沒用，我的人生經驗對他也沒用。以後他的造型我不管了。」

禍首做出受委屈的樣子一溜了之，回頭去看，苦主還在抹油救髮。

有愁豈待白頭？對鏡窮整剪壞的烏絲也算「攬鏡看愁髮」。再親愛的人的人生經驗也僅供參考；苦口婆心和信口開河都不附保單。成年人做出了決定，大小苦果只能自己承擔。

（二〇一四・一・十七）

殊俗惹客愁

嬰兒潮大軍步入晚年。在已晉身年輕祖母的敝友眼裡，親子課題是過時的老生常談；她主張祖孫關係才是東西文化新戰場，還並列兩則新聞佐證：

一則標題：「婆婆帶孫子要求每月給工資……」。內容說武昌小家庭請男方母親幫忙帶孩子，婆婆提出每月兩千人民幣補貼的要求讓媳婦不滿；認為哪有婆婆帶孫子還要發工資的？就把委屈發上網請大家當公道伯評評理。

另一則來自美國華文大報：「華裔夫婦看孫子……入關遭刁難被指來打工」。說有台灣夫婦拿觀光簽證入境答覆美國海關「目的為何？」的慣例提問時，回答了「來看孫子」、「準備停留四至五個月」、「因為女兒很忙，要工作，所以來幫忙帶小孩」。沒想到海關以「幫女兒帶小孩怎沒申請勞工簽證入境？」的疑慮，只准訪客停留兩星期讓他們「看」孫子。

從前在辦公室裡往還熱絡、交情很好的老美同事也是祖母，她的媳婦來自中東地區，與歐美國家相較，古老國家人民一般比老美重視家族關係，即使沒有華人「坐月子」的習俗，親家也趕在女兒臨盆之前，不遠千里從家鄉前來馳援。我的同事其實對住在附近的兒子、媳婦也無比關心，可是美國文化講究親子之間相互尊重，小輩不採取主動，婆家人不能隨便打擾。

孫女出生後她再思念，也不計較見面機會多寡；對帶孩子再有意見，也不主動發表看法。甚至媳婦替女兒起了個中東風味的名字，奶奶感覺因爲英語諧音將來小孫上學會被同學取綽號的顧忌也隱忍不表，只在人後略道遺憾。

她的美式祖母禮數半年後有了回報：兒子、媳婦帶著孫女來求助，原來新手媽媽對自己父母在教養新生兒上的干涉終於忍無可忍，和已經決定爲了外孫女要在美國長期居留的外公、外婆爆發了嚴重衝突。媳婦是個深思熟慮的人，在決定把她娘家父母「送回老家」前，想要確認婆家會在她要人幫忙看孩子的時候伸出援手。

新奶奶拿出一張早就擬好的單子，上面詳細列出她可以當義務保母的時間；包括她自己哪些活動有彈性，如果眞有需要，可以爲了照護孫女請假或者更改行程，哪些既定的節目是板上釘釘，大家最好想都別想。

在美國受教育多年的異國媳婦立刻感受到長輩的誠意，開心地表示可以配合。忍著沒和外婆搶奪照顧孫女的婆婆成了受歡迎的奶奶，和媳婦的關係更從原先的相敬如賓進階到了情同母女。當然還是不侵犯彼此私人空間的美式母女，遠不達國人理想中最親密無間的那一等級，不過同事已經很滿意，逢人就說自己不但多了個孫女，還多了個女兒。

現代父母多已懂得不盲目對兒女好，好要「好之以方」。摩登爺奶弄孫，更要把力氣花在刀口上；玩老命幫下一代帶下下一代，不如先把自己照顧好，凡事「喬一喬」，取得共識再執行更能皆大歡喜。

西風東漸，無論自認經驗多豐富、見解多正確，堅持 My way or the highway.（依我的不然走你的）的老頑固到哪都討人厭。各地風俗雖異，理解永遠萬歲！

（二〇一四・一・二十四）

快樂的祕訣

根據二萬三千份問卷調查的結果，普林斯敦大學發布過一串統計數字，說人一生的快樂指數呈U字型；最快樂的時光分別落在二十三歲和六十九歲；五十來歲的時候最不開心，研究人員的分析報告說是累積一生遺憾，人過半百恨事多。

年輕人因對前途樂觀而快樂。幾十年過去，經過哀樂中年，除了特別幸運的少數，一般人青年時期對人生和理想的抱負，對愛情和婚姻的憧憬，對財富和事業的希望，都沒能落實；五十多歲了，生命的顛峰已過，眼前看見的是下坡路，思前想後，如果悔恨交加，自然難以快樂。

可是等年紀再大些，上了六十歲，接受了人生不能重來的現實，對曾經錯過的人和事認了命，對自己的期望和失望逐漸降低；又見山是山，情緒也就從悔恨和懊惱中平復，重新快樂起來。

同份研究還指出，人拙於預測自己的前途：「年輕人多半高估自己將來對生活的滿意度，而老人又傾向低估。」此一論點和前述人老了以後越來越快樂相呼應；簡單地說，就是「希望越高，失望越大」。

高中死黨生性糊塗，可是個性缺憾沒有影響她的人生成就，是事業、家庭兼顧的現代女性；夫妻恩愛、婚姻美滿，一雙兒女也教得好；在校的品學兼優，畢業的前程似錦。有天她在我家臨到出門上洗手間，不小心把門反鎖。我找出一大盒交屋時建商給的鑰匙，一一核對卻沒一把開得了那扇門。她直嚷嚷：「請管理員叫鎖匠！我常幹這事，三不五時就要把自己鎖在各種門外面，都叫鎖匠來開。」

我把情形向管理員說明，他們給了常用鎖匠的電話號碼；打給對社區和房型都熟悉的鎖匠，再度詳細解釋狀況，確認鎖匠完全明白是哪裡的哪個門為什麼打不開。

我們推遲了出門的時間，枯等了一小時後鎖匠來了，拿個硬幣一摁洗手間門把上的小孔，鎖應聲彈開。他說意思意思，收個台幣兩百元。我很不高興：這麼簡單的事，為什麼管理員和鎖匠都吝於在電話裡指點一下？起碼給個提示，何苦為了小利瞎折騰人！

「我闖的禍我來買單。」死黨搶著把錢付了。千恩萬謝地送走來人之後對我開示：「人家跑一趟，收兩百不算多；我們學會開門，等一小時也ＯＫ。你知道像我這樣天天闖禍爲什麼還能高高興興？」

少女時代她的糊塗帶給大家許多歡笑，親友見怪不怪。離開校門在社會上遇到的人，卻不見得都有那份多餘的幽默感，她也爲經常吃排頭懊惱過自己不夠精明，尤其深愛自己的丈夫結婚之後發現娶了個非比尋常糊塗的嬌妻竟也時發怨言，更讓她深感挫折。可是她選擇面對自己的缺點：「不管做什麼，我都把因爲糊塗而發生的損耗先預算三分之一。」我的理解是，如果袋裡有三千塊錢，發揮了兩千的購買力就算沒吃虧；如果活一百歲，達到七十歲人能做的事人生就算圓滿。

原來快樂的祕訣不必等到六十九歲降低對人生的期望來避免失望，也可以是努力做到行有餘力，再寬打寬算，留出人生的「火耗」。

（二〇一四・一・三十一）

雞兔同籠

老威哥對老妻雜文有異議：「什麼『能在一個籠子裡待下去的不是兩隻獅子就是兩隻兔子』，難道沒聽說過有披著羊皮的狼嗎？狼能混入羊群，獅子爲什麼不能喬裝改扮，騙隻傻兔回家？」

再傻也不至於連獅子的體型都看不出吧？不過還眞無法抵賴世上就沒有上當的兔子。可是就算進籠之前不察，日後發覺所伴是頭猛獸，不趕緊逃命，下場就是成爲盤中飧，獅兔同籠何得長久？「寓言」講究的是隱喻和啓發，不強調辯證和邏輯；作者一時不察，差點上當，跟人扯這沒用的！重點在「一個籠子裡待下去」好不好？

夫妻同床異夢不是新鮮事。且不談「愛不愛？」的高調，多少人爲了維持家庭，在婚姻裡忍辱負重？我就聽說過有人被配偶當練拳沙包打了幾十年，親友死活勸不離的。寫雜文信筆胡謅，一篙子打翻一條船，主張「不是一家人，不進一家門」確屬偏見，作者需要檢討。

獅兔同籠還能長久，可上「動物奇觀」欄目，絕非常態。一般情況下，夫妻相處哪怕不達鶼鰈情深，你儂我儂的神仙境界，也不過雞兔同籠，各說各話的凡人家常；月老拴錯紅線，不一路的兩個人偏住一個屋裡；聊也沒得聊，逃也不必逃，不在一條食物鏈上，卻誰也不用怕誰。

現在的小學生不知道還學不學「雞兔同籠」？我上小學那陣好像有半個學期的數學課都在和雞腳兔腿糾纏。這玩藝兒據說是「國粹」，源起一千多年前的《孫子算經》：「今有雉兔同籠，上有三十五頭，下有九十四足，問雉兔各幾何？」

人皆云美國學生數學程度低，小兒大威哥在美讀五年級時，倒花了很多時間練習囉哩叭嗦的「文字題」，雖然沒把雞和兔子關在一個籠子裡去數頭和腳，複雜程度不遑多讓。大威哥當年一看到落落長的文字敘述之後就被故事給繞進去了，算不出答案要的那幾個數字，差點在小學裡就把數學科給當了。最近母子聊天還提到這段往事，只不過又一次證明，人的記憶保存是選擇的結果。

媽媽只記得慈母課子的光輝形象：辦公室忙一天回家後，挽起衣袖先不開伙，拿出數學補充教材，跟兒子「磨」三題再張羅晚飯。一學期後，原來進度落後的學生在學區數學測試中最難的應用題部分「橫掃千軍」（老師原語是Beat out the entire school district.），達到保送數學資優班的程度。小朋友多年表現一般，從未顯示有數學天分；老師好不爲難，乃要求重考：要確定學生程度趕得上才願在資優班推薦表上簽名。

青年律師回想當年猶自忿忿：「根本就是對我有成見，懷疑我作弊！」他只記得老師對成績不好的學生不公平，更怨母親軟弱：「我簡直不能相信你會同意她讓我再考一次！你維護了你小孩的權益嗎？」

媽說：「眞金不怕火煉嘛！」兒子說：「蛤？」

雞兔同籠，代有傳承；兩足的和四足的難免爭來吵去，好處是籠內無獅，最壞不過誰也不懂誰；相處自由自在，此中有信有愛。

（二〇一四・二・七）

情人節閒言碎語

西洋文化面對男女情愛傳統上不扭捏，情人節宗教意味較淡，也不至開罪信仰各異的選民團體，美國學校從幼稚園起，就堂而皇之地以之爲名目搞活動。根據小兒在美國受教育的經驗，小學高年級之前，都由老師發動全班互送糖果和情人卡，主題倒不強調男歡女愛，而是分享友誼。等到小朋友年紀大些，男女之情開竅，就不待老師推波助瀾，到了日子會自發地對心儀對象做些表示；例如選擇性送卡片、祝詞寫得涵義深刻私密一些、糖果升級，甚至夾帶禮物。

我家大威哥和現在赫赫有名的NBA球星「豪小子」當年是週末中文學校同學；小一時老師看一班蘿蔔頭在講台下面歪來倒去，上課不情不願，明顯是坐在後面「督軍」的家長們逼著來的。爲引起學生注意，老師放下課本，隨機出題口試：「爲什麼不喜歡上中文學校？」

「因爲中文學校有 Girls！」大威哥率先回答，豪小子一旁拍手叫好。我身邊的陪讀媽媽伸長脖子到處找是誰起鬨：「記下來是哪幾個？等將來看他們喜不喜歡女生！」

大威哥長大後聲稱絕無此事，說女生只要不像他老媽就都可愛。

他對我專記雞毛蒜皮小事的好記性表達反感；兒子和前任女友「切」了，情人節落單心情差，媽媽竟乘機揶揄他和女朋友交往，從滿週、滿月、滿百日，各種聞所未聞的日子一直紀念到分手，算是把情人節的配額提早用完。交往期間碰到情人節這種日子更是天般大，選擇卡片、鮮花、禮物，愼重得勞師動眾理所當然，是老媽太不懂浪漫才拿來開玩笑！老媽最可惡的又莫過於故意張冠李戴，把別人早上買了一打玫瑰，等到下午花謝了都沒人收的糗事賴到他頭上。根據大威哥的說法，情人節那天在高中校園裡捧著花送不出去比打架打輸了還沒面子。

輪到對電玩情有獨鍾的弟弟小威哥長大時家裡可就省事了，虛擬世界裡不來這一套；情人節無有哉！小學時老師要男女同學互送情人卡，他都當成練習簽名的家庭作業；除了龍飛鳳舞簽上大名，一個字都不多寫；到了高中，要是依他哥哥，情人節是何等「大事」？他小兄不但從未要求家長經濟支援或者諮詢禮物挑選，到了日子還能從學校帶回巧克力、手工餅乾造福愛吃甜食的老媽。原來他就讀的上海美國學校韓裔女生特別多，情人節這天不但男生不送花，平常靦腆的亞洲女生還藉機給喜歡的男生送禮表達好感。

「不開餐廳和花店，這天一點都不特別。」老媽勸徒傷單身的大威哥，「不慶祝情人節就不上商人的當，省錢省事。」

「老媽，我不知道爲啥我找你談？無意冒犯，可是說到男女交往（Dating），你眞奧特！（So Out!）」兒子跟媽聊感情問題永遠以懊惱作結；明明自己選擇透露心聲，完了倒打一耙：「話都是被你套出來的，以後一定什麼都不跟你說。」

什麼話被我套出來？情人節才是商家折騰出來掏你口袋的呢！

難道傷春悲秋能等先翻過黃曆查查日子到了沒？是人就有情緒：高興、沮喪、熱鬧、寂寞、思念的感覺都是不請自來。

「早上八九點鐘的太陽」跟人到黃昏談失落？眞不知道是誰不想跟誰說了！

（二〇一四・二・十四）

印象土國

分居各地的幾位親友不約而同表示近期要去土耳其旅遊，囑咐遊歷歸來的作者寫些當地見聞以爲參考。也不管我都解釋過幾遍了：「遊記」非我所長！都說就依平素寫雜文東拉西扯的套路，漫談一下個人的土國印象即算交差。

〈大城小事〉

土耳其橫跨歐亞，融合了不同的民族和文化，古蹟和風景都有可觀之處，而且食宿交通花費較諸西歐、北歐，甚至南歐、東歐都更加經濟實惠。如果不受騙上當，平安來去，很值得一遊。可是我這人慣煞風景，沒人問起，記得的都是好玩的事、美麗的景，一經動問，就會想起此亂七八糟，不值一提的糗事。

經過一整天的飛行和轉機，到達伊斯坦堡的時候是上午時分，客滿的旅館沒有現成空房，前檯奉了出名的土耳其軟糖（Turkish Delight）當茶點，請早客們在大堂等候，說是幾個鐘頭之後才拿得到房門鑰匙。從加州到土耳其眞是漫漫長途，飛機上吃飽坐久，愚夫婦決定放下行李出去逛逛，鬆活一下老骨頭。

旅館的地理位置甚佳，半條街外就是鼎鼎大名的聖索菲亞大教堂和蘇丹艾哈邁德清眞寺對面相望的奧斯曼王宮廣場。我對伊斯蘭文化很著迷，少女時代就冒著異教徒被攆出去的危險，靠教門女友掩護，混進參加過在金山海邊的「回教青少年夏令營」。幾十年後有緣走近舉世聞名，如夢如幻的藍色清眞寺不免激動，一心想進去「朝聖」；可是同伴不棄老邁，非拉著左一張、右一張地在寺前擺姿勢留影。

老土觀光客的舉止引來了各類小販團團包圍。兩人好不容易先後脫困而出，一個年輕人把落單的老太攔下：「韓國人？中國人？日本人？從哪來的？美國嗎？我去過佛羅里達州。我很喜歡那裡！」接著把一本觀光指南往我手裡一塞，說：「拿去，免費的！」

然後就要帶我去買地毯了。如果不從，就付二十美元買下那本他再也不肯收回的「免費」指南也可以。無奈之下，我領著如影隨形的此人走了一段，找到張椅子，把書輕輕放平，好聲好氣地跟地毯皮條客講道理：「你喜歡佛羅里達，除了風景，也因爲那裡沒人糾纏遊客，感覺自由自在，讓人感到很放鬆，對吧？我今天剛到貴國，對我而言你就代表了土耳其，這種強制推銷的作風讓遊客很有壓力。你不怕外國人對你的國家印象不好嗎？」

老先生趕過來正好聽見老太跟拉客的談愛國，一把拉走，一邊數落：「陌生人給東西就不該伸手去接！」他搖頭歎氣：「還相信他去過佛羅里達？你太天眞了！」

傍晚時分天眞老太留在房間倒時差，老先生單獨上街遛達順便找東西吃，甫出大門，一個自稱旅館會計的本地人追上來打招呼：「先生出去吃飯？太太不一起？」

「他要不提起你，我也不會信他！」苦主事後檢討，「他哪是什麼旅館員工？問了前檯說他們的會計都在地下室辦公，不可能看得到大堂的客人。」

怎麼被騙的？損失若干？旅遊網站上不乏伊斯坦堡有假冒旅館員工搭訕遊客詐騙成功的案例，場景、金額不一而足，有意前往該國旅遊者，請上網參考。如前所述，如果一路平安，土耳其值得一訪。

（二〇一四・二・二十一）

〈碧血黃沙〉

索看遊記的親友說土耳其地大物博，寥寥千字讀不過癮。此話雖然賴皮，可是既然提出要求，作者勉力以赴，於是故事繼續……

話說伴遊老先生在伊斯坦堡第一晚甫出旅館就碰上詐騙集團；體面年輕人自稱下榻酒店員工上前搭訕，謂土國人民族性熱情好客，有緣相遇，他有一小時晚飯休息時間，想為本店貴客導覽市容，同去同回，兩不相誤。一番話合情合理，老先生不疑有他，欣然接受邀約並且慨允飯錢車資，結果計程車跳表五元本地里拉（約二美元），無牌導遊就要求停車，說面前那間酒吧樓上可以全覽博斯普魯斯海峽風光，是本地人的私房景點，萬萬不可錯過。

「最後有沒有看到風景呢？」老太太天眞地問。

最後風景沒看到，看到一張以里拉計價等值二千美金的帳單；騙子佯憾店家欺客，表示他也無可奈何，唯願平分買單。於是老先生喝了杯一千美金的啤酒，而且在忽然閃出的數條窮凶極惡大漢的脅迫下掏出皮夾。所幸剛履寶地的遊客在機場兌換的本地貨幣有限，遊走法律邊緣的店家也怕事情鬧大招來警察，拒收美金或信用卡，結果小小破財不足為訓，還盜亦有道——人家留了五十里拉讓他搭車回旅館。

「旅館一下就到了，司機說事先講好的車資二十，單位是美元，不是里拉！可是我去的時候跳錶只要五里拉。」老先生倉皇逃離黑店，不敢在門口叫車，英勇鎮定地過了馬路還小心談妥車錢才上，沒想竟二度遭訛：「太可惡了，這裡還有沒有誠實的人了？」

大城市騙子太多，天眞二老窮於應付，花數日匆匆瀏覽伊斯坦堡主要名勝古蹟後決定下鄉：飛往土耳其中部的卡帕多西亞，參觀精靈煙囪奇石和乘熱氣球。

「熱氣球不久前才掉下來過一個，」老太太問代訂機票的旅行社老闆，「要不要買額外的保險？」

「不用，」旅行社老闆大號「窩闊台」，自稱和多數土國民眾屬突厥族不同，他是蒙古後裔。可惜我的漢族眼睛無法分辨他跟馬路上「突厥」的差異。他說自己是成吉思汗的子孫，名字隨了偉人的兒子就是血統保證，「中國英雄」之後不打誑語：「熱氣球都運行了多少年了才掉一個，比乘飛機還安全。放心吧，那裡是我的家鄉，接待你們的人都是我的堂房兄弟，保證你們平安歸來之後會來謝謝我的。」

後來？雖然疙疙瘩瘩稍欠完美，窩闊台成功賣出的套裝行程基本兌現。住「岩洞旅館」套房當然沒他老兄形容的那麼浪漫，可是現代化洞穴裡的暖氣、冷熱水、吹風機、雪白的床單毛巾，也足以讓因空氣中充滿石灰岩味兒而淚流難止的遊客感恩入睡。基督徒逃避羅馬軍隊追殺，鑽山入地躲藏的血淚史，千年後造訪遺址依然觸目驚心。在火山形成的地形地貌之上，乘熱氣球從空中忽高忽低俯瞰則有奇趣，跟在地面遊覽大不同，老夫婦算開了眼界。雖然我非常確定那個早上大家乘坐的熱氣球籃籃超載，可是既然我還在這裡應命報告土國旅遊見聞，安全堪虞一章也就揭過不表了。

（二〇一四・二・二十八）

〈異國風情〉

將伊斯坦堡大城小事拋諸腦後，下鄉憑弔基督徒躲避羅馬人追殺的地下城市後，愚夫婦從卡帕多西亞省會凱瑟瑞（Kayseri）搭一小時飛機來到土耳其濱海勝地伊茲密爾（Izmir）。

不似土國中部古城的乾冷枯黃，這裡受到地緣影響，雖然離春尚早，愛琴海畔已然碧海藍天，綠樹白牆，人文風土更像一海之隔的希臘。此地夏日氣溫高達攝氏四十四度，冬天氣候宜人卻不是旅遊旺季，稀疏的觀光客以韓國人爲大宗。

土國鄉下常見到凱末爾肖像。在卡帕多西亞碰到的幾位女導遊都對這位在她們出生之前就已過世，西方慣稱「獨裁者」的「土耳其之父」崇敬有加，咸曰若非凱末爾將軍推動現代化，土國女性到現在還包著頭巾，沒有機會接受教育和參加工作。

現代化的土耳其努力拚經濟，到處發展觀光。伊茲密爾地處要衝，歷史複雜；突厥在土耳其建立鄂圖曼帝國時已是十四世紀，而早在西元前，希臘和羅馬就在這裡你爭我奪，殖民建城，留下遺跡。難得回教國家打破獨尊伊斯蘭的傳統，土耳其沒像阿富汗那樣把千年巨佛一轟了之，反而發掘保存各種文化和宗教遺址，大發觀光財。伊茲密爾海邊就以基督教《聖經》上有名號的以弗所（Ephesus）古城以茲招徠。

保存完整的羅馬露天劇場修舊如舊，敞開大門讓遊客在千年石階隨意上下。登上看台後俯瞰中心圓形平台，遙想拜占庭時代角鬥士（Gladiator）搏命奮戰或者勇鬥猛獸都發人思古幽情。雖然因為原先爭取到的外國開發資金沒到位，古城至今只發掘出百分之二十，規模已讓遊人歎為觀止。

說到遊人我有個純屬偏見的私房印象，感覺歐美遊客更喜歡在旅遊高峰期出門人擠人，淡季卻常是亞洲客的天下。我的冬日土國行一路遇見大批韓國遊客，連近年成為全球觀光消費主力的大陸遊客也瞠乎其後。

後我們一步進抵達劇場的三兩華裔青年未戴語音導覽器聽講歷史，快樂地呼朋引伴，

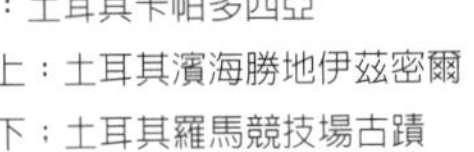

：土耳其卡帕多西亞

上：土耳其濱海勝地伊茲密爾

下：土耳其羅馬競技場古蹟

哼著小曲，登高爬低擺出各種別出心裁的譜式（Pose）留影，雖然打破寧靜產生些許滋擾，卻屬個別行爲，不及民族大義。先到的韓國大嬸團卻忽然在領隊帶頭下集合中央舞台，就在羅馬勇士濺血五步之地，突兀地拍手唱起歌來。

團隊高唱不同個人展技，中式哼哼立被壓低。

「咱們也來一個！」有人用中文大聲號召。

「唱啥？」女高音遙遙回應。

「那啥的？〈茉莉花〉！」圓形劇院看台高處人聲此起彼落頗具音效：「來個國歌！」

韓國大嬸歌聲純樸，顯然不是時髦「快閃族」，卻也發揮高度團隊精神，在中文吆喝聲中數度擊掌作拍，旁若無人地把土國古蹟當成卡拉OK一再高唱。青年合唱團則始終糾結於曲目無法成軍，直到其他遊客被噪音驅離前，〈義勇軍進行曲〉也沒唱響土國羅馬競技場。

「薑是老的辣！」步出廢墟時老太說笑作結：「台灣號稱『宇宙無敵歐巴桑』要讓位給韓國大嬸了。不過中國大媽才崛起就以抄底金價震驚華爾街，Dama還被收入《牛津詞典》，而且看來後繼有人，絕對是明日之星！」

（二〇一四．三．七）

克己復禮論女權

拙作《百年好合》簡體字版在大陸面世時，作者人在旅途，採訪不便，和媒體多以電子郵件交流，有記者單刀直入提問：「是不是女權主義？」

不確定此一名詞如何定義，趕緊「估狗」（Google）。網上跳出的第一個中文詞條是：「女權主義指一個主要以女性經驗爲來源與動機的社會理論與政治運動」。

切實反省，逐一分析：我以「女的」這個身分活了一輩子而且年紀不小，算是有足夠的「女性經驗」，可是有關思想始終局限在「來源」和「動機」層面，不但沒能發展出「社會理論」，更談不上投身「政治運動」替姊姊妹妹維權。這樣毫無作爲豈能侈言擁護「女權主義」？

退休後環遊世界途中一站到杜拜。深秋時節天氣卻熱。初到頭兩天，老倆口按照懶人周遊列國發展出的「逢城拜碼頭」流程，搭乘旅館前賣票的幾日遊「跳上跳下」（Hop on and off）旅遊大巴走馬看花，先認識環境再定行止。可是乘冷氣車兜了一會，就覺悟難怪此地到處建大商場（Mall），原來現代人對環境適應力日差，居沙漠綠洲秋、冬天也要有地白天躲太陽、晚上吹冷氣。

路上行人寂寥，商場從早到晚都熱鬧。依據我沒有公信力的隨機觀察，此地計程車司機都是南亞人，服務業則以東南亞雇工爲大宗。至於星級旅館和濱海別墅裡暫住的多是歐美跨國企業外派商務客。杜拜是外國人天下，本地人只占常居總人口的百分之二十，可是無論何時，商場裡血拼主力看來卻都是穿著黑袍的阿拉伯貴婦，間中點綴著神氣十足的白袍阿拉伯「老爺」。

很難想像一襲從頭包到腳的傳統阿拉伯服飾能變出什麼花樣？仔細看專賣店的櫥窗展示，裙鑲黑色蕾絲，襟繡暗色花鳥，原來誘惑都在細節裡。除此之外，女人還在鞋子和皮包上作文章。

「打扮省事，」老先生發表感想，「出門連頭都不必梳。」

咦？對德國公園草地上日光浴男女忍不住大行注目禮的遊客，沒看見黑袍擺動之際，蓮步生香之時，隱約露出的高跟鑲鑽涼鞋上塗了殷紅蔻丹的足趾嗎？

去年杜拜有三個歐洲女人犯風化罪被捕入獄。事件均以女遊客在酒吧貿然接受初次邂逅男士送回家或續攤的邀請開頭。就以那個倒楣的二十四歲奧地利女郎爲例，她在下榻的五星級酒店地下車庫裡被送她回去的男人侵犯得逞，跳車逃脫後馬上報警，卻被以「婚外性行爲」和「飲酒」犯行當場逮捕。根據她對外國記者陳述，警方告訴她：嫁給性侵犯始可免除她「婚外性行爲」的罪名。她的官司尚待解決。所幸在她之前一樣因被強姦而遭判十六個月徒刑的同年挪威籍苦主，已在國際輿論的壓力下獲釋。

這是摩登杜拜。鄰近還有地區替女童行割禮的。那些地方我只能消極地不列入個人旅行計畫，不但什麼都不做，根本不敢多想。

歐美女權主義興起的主要訴求是婦女投票權。我懂事時的風水都轉到候選人爭取婦女票了。維啥權都不是請客吃飯，站著說話不腰疼，出張嘴的都不算。

（二〇一四・三・十四）

說文解「爺」

和北京新經典文化公司談簡體字版權時，出版方利用現成人力資源做了個樣本池爲「六」的市場調查，所幸看過稿子的年輕編輯一致反應「很好看」，簡體版《百年好合——民國素人誌》才得以順利簽約。通過漫長的審查，終至付梓面世，而且受到歡迎。同樣的簡易市調台灣某出版社聽說也做過，可是看稿的兩位年輕編輯咸曰：「看不懂」。若非家鄉有個「看得懂」的印刻文學，復出後拙作大概都要束之高閣。

個人淺見，台北市面上的小說，極通俗的不論，標榜文學性的作品眞都不容易讀懂。編輯對邀請讀者進入作者私人夢境裡的文字都能消化，聲稱對有人物、有對白、有情節的話本小說看不懂想來是看不上的客氣話。

台灣內閣曾有位學而優則仕的大員在立法院接受質詢，被立委話趕話，冒出句：「爺兒們」不在乎被扣薪水或者獎金之類。一時輿情譁然，鋪天蓋地「剿」爺。

「爺兒們」應該是「爺們兒」之誤，相反詞是「娘們兒」；北京俚語，不算文雅話，如果官員回應的對象是女立委，自稱爺們兒還有性別歧視之嫌。

名詞裡的「兒」是尾音，媒體上我聽到的卻都說成了「爺兒們」。不知道內閣的那位「爺」一開始自稱的時候，兒化音擺對了位置沒有？到底是記者們當了「鵝（訛）頭」，還是錯在伊始？

失言官員說自己講的「爺們」是「男子漢」的意思，記者說是「老子」的意思；逮到機會就調侃「內閣一群爺」，過了幾個月還不依不饒。其實公婆都有理，麻煩的是原話裡也都有成見，誰也聽不進誰的。

好幾年前熱播過的大陸電視劇《大宅門》裡有一幕是男主角身邊風塵出身的姨太太，在有求於他的時候頻頻呼「爺！」

演小三的是越劇名演員，聲音表情十足，聲聲「爺」喊得不同調，時而撒嬌、時而懇求、時而告饒，男人最後當然輸了，依了姨太太的願，大男子皺起濃眉怒聲提出交換條件：「別喊我『爺』，聽了慘！」

南方人要把「爺」字給搞懂不容易。像我在台灣長大，從小街上沒聽過人喊「爺」，就古裝劇裡見過：沒鬍子的是「少爺」，有鬍子的是「老爺」。報載名導演陳可辛曾經讚美《投名狀》男演員的表演很「爺們兒！」；導演是南方人，可是這句北方名詞當形容詞在此用得挺到位。我猜想他若有機會讀到我的小說，一定不會說「看不懂」。

方言活潑來自生活，國語相對死板，竊以爲主要還是書本用語。中國很大，方言多得令人咋舌。台灣很小，可是一九四九年各地人馬齊聚寶島，在地通行的「國語」得以吸收方言詞彙，增添豐富。我是不會說父母家鄉話的「國語人」，卻常不自覺地在作文時摻進不辨來自何處的方言俚語；大陸讀者說是有「民國風」，我倒覺得挺「台」。

語出同源，安靜聆聽虛心了解，人家的也成了自己的；看不懂、聽不懂，放遠視線敞開胸懷，多看多聽也就懂了。倘寶島自遠原鄉，瀕海峽不納百川，只怕懂得的越來越少啊。

（二〇一四・三・二十一）

學而時習之

最近聽到幾位熟人對我退休之後旅行、寫稿、找回老友敘舊種種表示羨慕，未知事物有虛實、陰陽和好壞，皎潔月亮的背面永遠是暗影，判斷往往難逃被表象誤導。

自從辭掉朝九晚五的工作以來，作者貌似逍遙，可是用句台灣近年流行、不大通卻滿傳神的新詞，「演很大」的都是看不見的內心戲。

長期當職業婦女兼家庭主婦讓我習於講求效率，忽然多出大把閒暇，必須得妥善安排，才不至於像窮光蛋突然中了彩票，面對手上「暴發」的時間資源患得患失。

朋友之中有打麻將和高爾夫球的高手，本來可以和她們結伴嬉戲，調養身心，可是這兩項活動門檻太高，一時半會之間她們不屑跟菜鳥玩。旅行比玩牌或打球更消耗時間，除了路上奔波耗時，出發之前要養精蓄銳，倦遊歸來要恢復元氣，比上班還勞心勞神花時間，適合填補大片空檔。而且退休前我常出公差，練就旅行的好本領，不但能在不大的箱子裡，塞進可供長期換穿的四季衣裳外帶搭配各種場合的鞋，連海關出入境排隊，都火眼金睛，一眼瞄過去就曉得排那一行可以提早出關，長途飛行後常常跑在整架波音七四七幾百個乘客中的前幾名出閘。

退休以後初初積習難改，老頭老太下飛機總是一馬當先，衝鋒在大隊人馬之前，出關後睥睨身後人潮，心裡得意洋洋，卻不知所爲何來？後來漸漸學會，只要機長宣布降落，愚夫婦就相互提醒：慢慢來，時間多的是，旅館在那兒等著咱們去辦入住手續，明天不趕著進公司開會，不必準備，晚起無妨，最要緊的是小心走路，不要摔跤！

說起來可笑——這也要學？可是在紅塵裡匆忙奔走了數十年，一下改弦更張到雲裡霧裡漫步，還眞需要自我教育。「不要浪費時間」一度是愚夫婦共同的口頭禪，現在我聽見就含笑請教：「請問把時間省下來要幹嘛？」

「幹嘛？時間省下來給我好好寫小說！」死黨再三叮嚀；說她苦苦等著看下回，而我卻選擇「跑出去玩」。

嘿，想當年文壇出道時我也是個貪玩、愛幻想、喜歡惡作劇的刁鑽小姑娘，卻被生活折磨成了入世的現代扈三娘。有幸在人生的最後一程，得到機會返璞歸眞，重回一度背棄的創作藝術，本來以爲是由儉入奢，哪有啥難？沒想到卻是剪過翅膀的老鷹學飛；飛已不是本能，是充滿挑戰的復健。

人長心事多，很難像少年時隨時可以摒擋一切雜務，提筆就寫。大陸上有國家給工資保障生活的作家，也未必能經年寫作不輟吧？時間是創作的必要因素，卻不是唯一的因素。身邊這幾個活寶難道當寫作是七〇年代台灣推行的「客廳即工廠」政策，我坐在家裡穿塑膠花嗎？

一如從前當職業婦女卯足勁在企業界打拚，深怕事業和家庭不能兼顧，現在退休的老太也在創作樂趣和日常生活中尋求平衡；人生在實踐中才能改進，是和呼吸功能同始終的「學而時習之」。

（二〇一四・三・二十八）

美食天堂小確幸

韓國菜隨著韓流在世界各地嶄露頭角，可是外行如我，吃來吃去就那幾樣，除了醃漬的韓式小菜，就是燒肉、豆腐鍋、比比吧拌飯。電視劇《大長今》熱播的時候，劇中大篇幅介紹從前韓國君主的御膳，規格也是一個大托盤裡盛了十二碟小菜，外加米飯和一小火鍋之類。

美食節目裡當成西洋鏡獻寶的韓國名菜活魷魚，對我而言是恐怖食物；澆頭黑乎乎的炸醬麵，和改名爲饅頭的包子則在個人名單上連韓國料理也算不上。

沒去過韓國之前，上韓菜館我總感疑惑：一國之美食不可能就這樣吧？

想幾十年前我剛到美國時，老美都以爲「雜碎」是中國名菜，現在哪家華人餐館還賣那個呢？外國賣的韓國菜一定也有冤情！我有時候就想，哪天有機會到韓國，要好好品嘗道地韓食，一長見識！

等從韓國旅遊歸來，有人問起滋味？我只好說自己在首爾一週大概都去錯了地方，因爲即使按圖索驥，預算開放，只見餐館檔次或有高下，菜色就大同小異。而且不同出了國的韓國餐館價錢親民，在漢城吃韓食「性價比」（CP值）不好，連看似平民小吃的燒烤都要美國牛排館上肉的價。

韓食館都賣壽司和生魚片。不過除非他們把普世認爲是日本料理的也都「申遺」，讓它們和中國端午節、李時珍、蚩尤一樣入韓籍，否則哪怕肉品有上下，豆腐有老嫩，韓式料理的主角我看還是肉和豆腐。基本上沒什麼不好吃，可是單調得連吃三天就讓我想念台北。

不開伙，到哪個國家都要找地方吃飯。比較之下我覺得在台灣上館子，最能讓我理解到國府行政院長發願追求的那種「小確幸」。知名餐廳不用說，連街坊小館、巷弄美食都很少讓我失望。

根據調查，丹麥是世界上人民幸福感最強的國家。我在那裡只當了幾天的觀光客，所知有限，可是當我拿著地圖找到事先「估狗」到的哥本哈根傳統市場，點了觀光指南上推薦的美食美酒，坐到露天座位上享用時，一口下去我就開始想台北。

有緣同桌的一對夫婦，女的是哥本哈根的開業心理醫師，男的是SAS的退休飛機駕駛，說他們跑遍世界，到過台灣和美國。彼此攀談，相處甚歡。他們面前的菜式和我照書點的類似，也是一個長形碟子上放了三個開放式小三明治：一塊硬麵包堆砌著各色魚、肉、起士，和一小撮魚子醬。就這玩意兒大概二千台幣一份。雖然好看，味道一般，就是個塡飽肚子的事。而且沒有服務，客人在魚檔或熟食檔前排隊買好以後，自己端盤子邁出大棚找座。

「這裡是大家都會來的地方嗎？」我問新交的朋友，「這是本地人平常吃的東西嗎？」

「這是丹麥平民美食。」心理醫師說，「像我們天氣好就騎車過來，吃點喝點，曬曬太陽。不過跟美國、台灣比，這裡的東西都難吃又貴！」

她的坦率讓我笑出了聲：「丹麥可是全世界最幸福的國家呢！」

「丹麥老人和病人都覺得自己很幸福！」她聳聳肩，「買食物和繳稅的時候，這裡誰都不會告訴你他很幸福。」

（二〇一四・四・四）

台式小確幸

朋友批評我的首爾自由行純屬瞎兜，不但沒按經典韓劇的取景地點朝聖，去到韓流服飾大街不識貨，還敢嫌設計花紅柳綠，手帕也沒買一條。自述印象最深刻的是冷門的亞洲第一大博物館，卻怪英語導覽員開口閉口韓國歷史七千年，可是無法解釋為何展出的可考文物上面都碼著明朝萬曆年號。歸來跟人閒聊，逮住機會就小鼻子小眼的抱怨當地物價高，完全不懂現代南韓人民的幸福，硬拗台灣生活好。

台北友人因而抗議：「你怎麼就不說人家韓國大學畢業起薪是我們這裡的好幾倍？」台灣人慈悲為懷，有時難免鄉愿。而且偏聽偏信，強調小我經驗；電視上的名嘴領了工資信口開河，各種謬論都有受眾。一般小市民的邏輯也常是「他怎麼可能是殺人犯？他又沒殺我！」

連理應高瞻遠矚的人民領袖，也只看眼前；身邊有人簇擁跟隨，可能感覺九趴跟九十趴無有軒輊。明日之星有樣學樣，到底號召十萬人還是五十萬人總之是人家算錯。上下交相理盲，小民願意睜開眼睛，承認現在發展落後於南韓，哪怕只談薪水，都屬難得，應該鼓勵。可是我回到家鄉也已有時日，學會對事講自由心證。簡言之，就是在台灣搶得到話筒的人（例如政客、法官、記者、談話節目主持、專欄作者之類），就有話語權。

亞洲紡織業發達，至少在城市裡，「衣不蔽體」這個成語現在多半用以形容嫩模和豔星，很少用來形容窮人，一般百姓穿暖不難。市民問題不外食、住、行。首爾和台北的交通擁堵情形比起其他大城如北京是小巫，不論。在食和住上，台北白領罵房價，中午手裡還捧得起滷肉飯，首爾青年望房也興歎，不花大錢就食無肉。

首爾自由行某日，我在鬧區巷弄裡找了家生意鼎盛，沒有外文菜單的二樓小館，跟著午休白領排隊等座，學樣要了辣炒年糕和一塊炸豬排。沒有侍應生的小館先付費，兩樣加起來約莫美金十元。我心想這可佐證仁寺洞的餐館是宰觀光客的了。

豬排上來炸得挺香，看著也像，可是口感不對。撥開炸肉粉，原來是塊「手作」豬排，細細分辨，是麵粉、洋蔥、胡椒等香料，加上不多的碎肉，打漿壓實做出來的。環顧四周坐的小白領都吃得挺香，我想到台鐵排骨便當；只要一半錢，就能吃到貨眞價實的豬排，外帶香噴噴的白米飯和可口的小菜。

可是年輕人即使占據國會都有人送各式便當還是感覺焦慮。台灣工資太低。雖然近年通膨有限，總之薪水趕不上物價。這個我懂，稿費三十年如一日，我都是邊寫邊感恩自己沒有選擇鬻文爲生。

台灣有人才，熱錢也曾「淹腳目」，什麼時候風水轉到了台灣羨慕南韓呢？從二〇〇五到二〇一〇年我因工作關係，頻頻往返美國和兩岸三地。那時台灣企業已因戒急用忍錯過了登陸良機。換了領導人後，第一位仁兄主攻他自宅經濟發展，第二位心念歷史定位，手上不做不爲。我在個人崗位上，眼睜睜看著南韓在全球最大的新興市場裡占盡先機，把台灣遠遠拋下。

經濟自由化在很多國家引起抗爭，走上街頭的都是年輕世代。只有在台灣，成年學生被稱爲「孩子」，官員大喊「愛死」，企業家高叫「心疼」，我覺得這齣堪比眞豬排，同屬台式幸福。

（二〇一四・四・十一）

採得百花成蜜後

朋友認為作家要多聽多看，建議刻下在台北閉門造車寫小說的宅婆，抽時間去凱達格蘭大道上看群眾示威反服貿，說那才是「下生活」（大陸用語，意為體驗生活）。這兩位雖和我一樣搭捷運都要有人讓座了，可是心態年輕，而且素懷「建國大志」。他們坐言起行，加起來過百二了，還是按著青年領袖發布的時間地點，去給最後不知是十萬還是五十萬的統計懸案添了個尾數，以壯聲勢。

身邊雖有彼等熱血不輸小年輕的同代人，可是逍遙派更多。就在人家餐風露宿，政治大動員的同時，老太居然不乏糾團走春、品嘗美食、試作新衫，等等娛樂活動的邀約。我感覺這是寶島真民主的實踐；示威的請便，不想湊熱鬧的，看來也沒人不准過自己的小日子。

好友即將榮升丈母娘，想利用難得的機會做件旗袍穿穿。說好讓我陪著先去剪料子，再共進午餐敘舊。我上了計程車才打電話問早到的那幾個：「你們現在到底是在迪化街還是延平北路？幾號？有詳細地址讓我告訴師傅嗎？」

上車後一直和我以閩南語對答的友善司機，忽然改口跟我說生硬國語：「啊你大陸來的吼？」

「不是，大陸來的跟你講台語？」我一向逮住機會就練習閩南話。

「啊『共偉』也是會講我們的話啊。」司機堅持以台灣國語發聲。

敏感如我，對車內陡升的隱約敵意有點不安，就大笑道：「我講台語甘有腔？啊啥是『共偉』？」

「大陸的我們住邊就是叫共偉，莫騙小，共偉你會不豬道？」司機很得意，用「抓到了」的口氣說：「你講一個話，我就聽出來了啦。」

「是講我不當講『師傅』，要講『運匠』！『師傅』那是給你尊敬呢。」我有點不開心了，強笑著把身分證拿出來，秀給司機：「看到沒，我台北出生的。什麼『共偉』？共同偉大嗎？你甘七老八老？這少年還講這款？下次別跟人講，人聽到還假講你是八十歲的國民黨。」

朋友聽說，罵我無聊：坐在人家車上還敢回嘴，不怕司機把我載到暗巷打一頓報復？

少來！我對台灣治安這點信心還有。至少目前還有。羅馬不是一天造成的。總不能因爲現在有人主張造反有理，以後大家出門就得提防隔牆有耳。

媒體各有立場，觀眾各有簇擁，全民比賽耍嘴皮已經蔚然成風。

司機以不正當的程序（旁聽乘客打手機），做出錯誤的判斷（乘客是陸客），是他本身修養的體現，也是他的思想自由。可是要有怎樣的社會氛圍做後盾，才讓他感覺自己政治正確得可以形諸言表，修理上帝（顧客）？

個別群體相信台灣可以自外於世界，有權表達卻不該強迫人人跟從。革命很浪漫，可是再寧靜也要付出代價。

「採得百花成蜜後，爲誰辛苦爲誰甜？」世上沒有莊閒皆贏的賭局，台灣這一場的贏家在哪裡？

（二〇一四・四・十八）

肥水小確幸

事發於我在布達佩斯停留的最後一天。幾小時後就要前往北歐，老太卻在旅館前人行道上一腳踩空，扎實地跌了個狗吃屎。雖然鼻青臉腫，手肘劇痛，仗著身體好，咬牙謝絕了旅館門衛召救護車的建議，爬起來繼續既定行程。

捧著痛手玩了九天後來到哥本哈根。眼看肘上青腫久未消除，心頭不免忐忑，始打國際電話請教保險公司：旅途中發生了這種意外如何處理？保險公司的特聘顧問醫師在電話裡提供諮詢，要求立刻照X光，並且給了在地醫院地址，囑我直接去急診室報到。業務員一再叮嚀大小費用務必拿好收據，還加了句收保費時沒說的：各國醫療收費有高下，不能保證全額理賠。

旅遊雜誌上代表哥本哈根的照片，不外海邊的美人魚雕像，和臨運河一排漆得五顏六色的小樓。我下榻的旅館在兩個地標中間；出門向左，走到海邊看人魚像，向右，到河邊吃東西看遊人。其他必訪景點：皇宮、教堂、博物館、花園也多在附近，幾天來交通基本沒操過心。

打開地圖一看，醫院所在雖沒出廣義上的哥本哈根，離已熟悉的一小塊紅線框起來的「市中心景區」卻遠。到前台一問，說如果需要照X光，附近別無分號。不得已，只好排開行程一大早專程跑一趟。

那段旅程挺折騰；乘完地鐵還要轉巴士，下了公車雖然馬上看到醫院牌子，依箭頭前進，卻走到腳下遲疑。

路像一條公園裡的便道，望不到盡頭，兩旁有樹有湖，就是沒有行人。這是去醫院嗎？正感茫然，眼前及時出現幾棟黑瓦紅磚的大型建築坐落在林深處。

正門前豎有地圖牌，指示院區科別，可是不懂丹麥文，不知急診室何在？「路在嘴上」的先決條件是要有人可問，四下寂寂只能聽碰。幸好院區綠油油一片美景，說是醫院還更像個校園，就觀起光來。轉了許久才跟著救護車的嗚笛聲找到急診大樓。

看來偌大醫院所有的醫師和病患都在急診大樓裡，候診室裡有吃有喝，像我這樣自己走進來的，當然要等。

照了X光後，是手肘骨斷，醫師開會決定今天就留院動手術。這下老太著了急，聲明人在旅途，不願在丹麥住院耽擱。醫師又再度開會，最後同意斷骨處也長得差不多了，開刀進步有限，就如我所請，簽字放人。

結帳時，我暗忖北歐物價高昂，照這照那，幾個專家會診，這張帳單不要把我的保險公司嚇得夠嗆。沒想從一早忙到日西斜，全部免費。觀光客在匈牙利摔的跤，拖了十天來丹麥看急診，連午餐都以候診區的點心茶水解決。我目瞪口呆地拿著〇元帳單離去。

把這經驗說給萍水相逢的丹麥夫婦聽，他們聳聳肩，說：「我兒子在義大利騎單車出了意外，這裡派一個醫生一個護士，兩醫護人員和專機去把他接回來治療。自那以後，我付七十二趴稅金時就不抱怨了。」

健保是台灣之光，納稅人誠恐肥水有缺口，連到台留學的陸生都防堵。和丹麥這個「世界上最幸福國家」的醫療體系相較，乃知一山還有一山高。

（二〇一四・四・二十五）

人老不怕沒人追

一家之主提醒粗心老妻，及時拆閱貌似公家社保機構寄來的又一封如何明智運用退休金的信件：「說不定很重要！」

這次信封上粗黑大字警告：「最後通牒！」看起來肅穆嚇人。

「都送幾封了？以前寄來的你看了沒？」

看是看了，不過就瞄一眼，因爲直覺告訴老太太，來的都是廣告。不過既然這樣鍥而不捨，那就好好再拜讀一次，而且專挑小字看：「哼，就知道是騙人的！」

退休才幾年，已經收到不知多少這種喬裝改扮成正式通知，其實是針對老人下手的垃圾廣告信。足夠的經驗讓我歸納出一套過濾系統，免得浪費無謂的眼力和時間：「有誠意的訊息不會印小字撇清責任。」

「簡直欺負老人嘛！」眼睛不好的老先生怒了：「知道老眼昏花懶得看小字，就來這一套。」他歎氣道：「老人的錢比較好騙還是怎樣？」

隨著嬰兒潮世代步入晚年，進入新世紀也才十幾年工夫，以老人爲詐騙對象的經濟犯罪已經風行全球，被稱爲「世紀之罪」了。據說年輕人普遍覺得年長者占據了更多的社會資源。甚至騙子都以此爲藉口，因而詐騙老人得手後的罪惡感較低。

俗話說，留得青山在，不怕沒柴燒。可是老去要留青山埋骨，豈能一山二用，賴以撿柴？無良騙子只想到老人有積蓄，卻沒想到老人沒機會像年輕人一樣東山再起，上當後往往老境淒涼。

美國ＦＢＩ統計出誘使老人上當的十大騙局：提供唬爛醫療服務，再以老人名義向健保收錢；賣假藥；葬禮斂財（例如聲稱火化配備昂貴棺木，其實只要一副紙製品）；電話詐騙；網路詐騙；投資詐騙；房貸詐騙；樂透彩詐騙。最後一個也最有效，是「裝孫子」。

「奶奶，猜猜我是誰？」

聰明奶奶一猜就準之時，騙子也得到了他要的假身分。貼心的請安問好之後，下文是乖孫闖禍，急著要錢，還會求奶奶對「父母」保密。

朋友說我義憤得無聊，問大家認識的有誰會上這種當？

直接認識的還真沒有。只有一位朋友在上海逛商場走到僻靜角落，忽然被人叫住，指地上說看見她掉了錢，她千恩萬謝地拾起一疊鈔票，發現不是自己的，趕緊說：「送到服務台吧。」叫她撿錢的說服務台人員肯定會「黑掉」，建議兩人就地分了，她還傻傻地與之爭辯，說掉錢的人會著急的，既然服務台不可靠，那就叫警察。騙子跟她扯了半天，連躲在一旁裝閒人，準備時候到了才出面的「助手」都忍不住出馬來勸了，她還是堅持要報警。那兩人沒法說服「阿木靈」傻大姐，劈手奪回鈔票罵句髒話一起跑了，她這才覺悟碰到了詐騙。事後她氣憤不已，倒不爲不夠機警沒早拆穿騙局，而是檢討自己那天的打扮到底哪裡出錯，竟讓騙子當海龜是貪小便宜的大媽挑了下手。

間接認識的卻有位不常使用網路的更老一輩，收到鄙友帳號被駭後借殼送出的詐騙電郵，好心按騙子指示匯錢去解熟人「在旅途中掉了錢包和護照」之難。那位前輩損失的上千美金到現在也沒聽說追回。所以即使詐騙伎倆如此老套，還確實有人受害。

「騙子喜歡老人，花盡心思窮追不捨。」我開單身閨友玩笑作結：「這年頭人老珠黃怕有人惦記，不怕沒人追！」

（二〇一四・五・九）

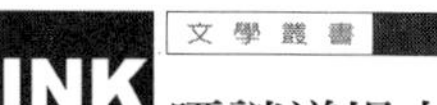

啞謎道場之君自何處來

作　　者	蔣曉雲
總 編 輯	初安民
編　　輯	宋敏菁
美術編輯	林麗華
校　　對	吳美滿　蔣曉雲　宋敏菁

發 行 人	張書銘
出　　版	INK印刻文學生活雜誌出版有限公司 新北市中和區建一路249號8樓 電話：02-22281626 傳真：02-22281598 e-mail：ink.book@msa.hinet.net
網　　址	舒讀網http：//www.sudu.cc

法律顧問	漢廷法律事務所 劉大正律師
總 代 理	成陽出版股份有限公司 電話：03-3589000（代表號） 傳真：03-3556521
郵政劃撥	19000691 成陽出版股份有限公司
印　　刷	海王印刷事業股份有限公司

港澳總經銷	泛華發行代理有限公司
地　　址	香港筲箕灣東旺道3號星島新聞集團大廈3樓
電　　話	(852) 2798 2220
傳　　真	(852) 2796 5471
網　　址	www.gccd.com.hk

出版日期	2014年12月　初版
ISBN	978-986-387-012-8

定　價　320元

國家圖書館出版品預行編目資料

啞謎道場之君自何處來／蔣曉雲 著 --初版,
--新北市中和區：INK印刻文學，
2014.12　面；　公分.（印刻文學；424）
ISBN　978-986-387-012-8（平裝）
855　　　103022570